MISSION HISTORY

Drei Ratekrimis aus dem Mittelalter

Loewe

FSC
www.fsc.org
MIX
Papier aus verantwortungsvollen Quellen
FSC® C014496

ISBN 978-3-7855-8530-6
1. Auflage 2017 als Loewe-Taschenbuch
erschienen in den Serien *Tatort Geschichte*
sowie *Tatort Forschung* unter den Titeln *Der Mönch ohne Gesicht*

Umschlagillustration: Silvia Christoph
Umschlaggestaltung: Ramona Karl
Printed in Germany

www.loewe-verlag.de

Inhalt

Der Mönch ohne Gesicht

Gefahr für den Kaiser

Ein Fall für den Meisterschüler

Fabian Lenk

Der Mönch ohne Gesicht

Illustrationen von Christian Zimmer

Der Raub

Der Dieb sah sich um. Nichts, er war allein. Gut so! Auf Zehenspitzen schlich er weiter, tastete sich durch den kahlen Gang, der zur Schreibstube und zur alten Bibliothek des karolingischen Reichsklosters führte. Vorsichtig drückte der Mann die Klinke hinunter. Knarzend schwang die schwere Tür auf – der Dieb hielt den Atem an, lauschte. Plötzlich ein Rascheln, nah, gefährlich nah. Der Mann fuhr herum. Angst griff nach seinem Herzen wie eine eiskalte Hand. Panik befiel ihn. Das Geräusch kam vom Boden. Eine Ratte rannte um ihr Leben. Ein schwarzer Schatten folgte ihr in weiten Sätzen. Ein Fauchen, ein klägliches Fiepen. Stille. Auf weichen Pfoten glitt der Kater davon.

Der Dieb lächelte angespannt. Seine Hände zitterten. Er betrat das Skriptorium. Das erste Licht des nahenden Tages fiel zaghaft auf die mächtigen Tische in dem verlassenen Raum. Darauf fanden sich feinste Federn, Tintenfässer, Lineale und Bimssteine zum Glätten des Pergaments. Doch dafür hatte der Dieb keinen Blick. Sein Ziel lag weiter hinten, führte ihn in die Bibliothek. Rasch gelangte er zu den reich verzierten Büchern. Funkelnde Edelsteine und kostbares Blattgold schmückten die Einbände. Der Dieb raffte seine Beute zusammen, schnell, sicher und mit Methode. Er zitterte nicht mehr.

Jakob stöhnte leise. Cicero, Ovid, Vergil. Drei große Namen, drei große Dichter – und drei große Quälgeister. Der Junge saß auf einer harten Bank in der sogenannten äußeren Schule des Klosters. Hier wurden die Kinder der Adligen unterrichtet. Jeden Morgen kamen sie von den umliegenden Anwesen in das Kloster. Die innere Schule war den Novizen vorbehalten. Jakobs bester Freund Benedictus, den die meisten Benni nannten, war einer dieser Novizen. Und der musste noch viel mehr pauken. Kanonisches Recht etwa und die sieben freien Künste wie Arithmetik oder Geometrie und Astronomie. Allein diese Wortungetüme ließen Jakob schaudern. Hätte doch Karl der Große niemals die Klöster dazu verpflichtet, Schulen einzurichten!

Jakob, ohnehin zierlich, machte sich so klein es ging auf seiner Bank. Bloß nicht auffallen, bloß nicht drangenommen werden vom strengen Lehrer Udalrich. Der Mönch hatte die Figur eines Weinfasses. Seine helle Stimme passte überhaupt nicht dazu.

Soeben versuchte Udalrich mit mäßigem Erfolg, seinen Schülern die Dichtkunst der Römer einzubläuen. Der Mönch ging die Reihen der Schüler ab, blieb plötzlich stehen, richtete seine kleinen Schweinsäuglein auf eines der Kinder und fragte Vokabeln ab. Und jetzt steuerte der dicke Udalrich geradewegs auf Jakob zu. Der Zehnjährige begann zu schwitzen. Hoffentlich ging das gut! Klein machen, winzig klein ...

„Nun zu dir, Jakob“, hörte er den Lehrer. „Sage mir, was bedeutet *ora et labora*?“ Ein schiefes Lächeln umspielte die Lippen des runden, gebildeten Mannes.

Jakob sah sich Hilfe suchend um.

„Nun, wird’s bald?“, fiepte Udalrich. Sein enormer Bauch pumpte unter der Kutte wie ein Blasebalg.

„Tja“, begann Jakob unsicher. „Ich glaube, nein, ich bin mir eigentlich ziemlich sicher, dass ...“

„*De hoc satis!*“, brüllte Udalrich. Genug davon!

Der Junge wurde blass. Doch in dieser Sekunde nahte die Rettung – und zwar von draußen. Auf dem staubigen Weg vor der Kirche war ein Tumult ausgebrochen. Eine aufgeregte Menge hatte sich um Theodulf, den Bibliothekar des Klosters, versammelt. Mittendrin sprang der Spaßmacher Liafwin herum.

„Ruhe!“, brüllte Udalrich hinaus. „Man versteht ja sein eigenes Geschrei nicht mehr!“

Theodulf kam näher. „Oh, Bruder Udalrich, es ist furchtbar! In die Bibliothek wurde eingebrochen!“ Das Reich der Bücher lag nur einen Steinwurf von der Schule entfernt.

Udalrich bekreuzigte sich. Atemlos befahl er den Kindern: „Raus, alle raus! Der Unterricht ist für heute beendet.“

Jakob sauste von der Bank. Doch der feiste Mönch

erwischte ihn am Hemdkragen und zischte: „V
werden uns morgen weiter unterhalten. *Ora et labora*
heißt: Bete und arbeite! Das solltest du beherzigen!“

Endlich gelang Jakob die Flucht. Er trat in die warme Herbstsonne hinaus. Rechts von ihm erhoben sich die gewaltigen, spitzgiebeligen Türme des heiligen Michael und des heiligen Gabriel. Immer mehr Menschen umringten inzwischen den jammernden Bibliothekar. Darunter war auch Benni.

„Na, hast du auch Schule aus?“, begrüßte Jakob seinen Freund.

„Ja! Zumindest erst einmal“, erwiderte der kräftige Junge, der einen halben Kopf größer als Jakob war. „Schau mal, wer da kommt.“ Benni deutete auf ein barfüßiges Mädchen, das mit einem Hund auf dem Arm neugierig näher kam.

„Hallo, Anna!“, rief Jakob und winkte.

„Na, ihr Betbrüder? Was ist denn hier los?“ Annas Augen blitzten frech, als sie die Jungen begrüßte.

Benni sah sich um. Es war ihm verboten, sich mit einem Mädchen zu unterhalten. Aber Anna war schon seit vielen Jahren seine Freundin, denn die ärmlichen Bauernhöfe der Eltern lagen nebeneinander. Vor einem halben Jahr war Benni von seinen Eltern dem Kloster übergeben worden. Seitdem gestaltete sich der Kontakt zu Anna, die oft in den Ställen und der Pilgerherberge des Klosters für einen kargen Lohn arbeitete, schwierig. Doch jetzt schenkte den Kindern niemand Beachtung. Alles brüllte durcheinander.

„Es ist eingebrochen worden!“, flüsterte der Novize Anna zu. Er deutete auf die Bibliothek.

„Das klingt ja richtig spannend!“ Anna setzte den Hund ab. Felix war eine abenteuerliche Mischung. Er hatte kurze, krumme Beine, einen Stummelschwanz, ein schwarzes und ein weißes Ohr. Wären da nicht seine großen braunen Augen gewesen, hätte man ihn hässlich nennen müssen.

In diesem Moment hüpfte der Spaßmacher auf einem Bein an den Kindern vorbei, legte den Kopf schräg und reimte:

„Ein Dieb ging stiften
mit wunderbaren Schriften!“

„Ruhe, der Abt kommt!“, rief jemand. Eine Gasse tat sich auf. Richbod schritt heran. Er war ein hagerer, stolzer Mann. Seine Gesichtszüge waren ernst und drückten Entschlossenheit aus. Wie seine Brüder trug er eine einfache Kutte mit Kapuze und Sandalen. Jede Form von Schmuck war den Dienern Gottes untersagt.

„Was ist hier vorgefallen?“, fragte Richbod ruhig. Augenblicklich ebbte das Geschrei ab.

Der Bibliothekar blickte zu Boden: „Ein Fenster zur Bibliothek wurde eingeschlagen. Wertvolle Schriften sind verschwunden, Gott steh mir bei!“

Die Miene des Abtes verfinsterte sich: „Etwa auch das Arzneibuch?“

Theodulf nickte stumm.

„Oje“, entfuhr es Benni. „Das Buch enthält eine einzigartige Sammlung von Rezepten!“

„*Monasterium sine libris est sicut arbor sine foliis*“, murmelte der Abt bestürzt.

„Was hat er gesagt?“, fragte Jakob nach.

„Ein Kloster ohne Bücher ist wie ein Baum ohne Blätter, du Schaf. Passt du denn bei Latein nie auf?“, lachte Benni. Sein Freund zuckte verlegen mit den Schultern.

„Ausgerechnet jetzt!“, rief Richbod. „Kaiser Karl der Große wird uns in vier Tagen besuchen. Natürlich wollte ich ihm unsere einzigartige Bibliothek zeigen, unsere wunderbaren Bücher!“ Er wandte sich zu den herbeigelaufenen Schaulustigen: „Geht, lasst uns allein!“

Das Volk gehorchte. Der Abt und eine Reihe von Mönchen blieben vor der Bibliothek zurück und beratschlagten sich.

Die Kinder verdrückten sich in den Schatten des Ärztehauses. An ihnen vorbei strömten Pilger, Studenten, Handwerker, Spielleute, Spaßmacher und Bettler. Sie alle waren gekommen, um Karl dem Großen, der vor neun Monaten im fernen Rom zum Kaiser gekrönt worden war, ihre Aufwartung zu machen.

„Nicht zu fassen. Unser schönes Kloster wird von einem Dieb heimgesucht“, seufzte Benni.

„Das Kloster ist nicht nur schön, es ist auch reich“,

erwiderte Anna. „Und das zieht finstere Gesellen an.“ Sie spähte um die Ecke: „Fein, die Mönche sind weg. Wir sollten einen Blick auf die Bibliothek werfen!“

„Warum denn das?“, fragte Jakob verwundert.

„Die Bücher müssen wieder her, ist doch klar!“, rief Anna. „Vielleicht finden wir am Tatort einen Hinweis auf den Dieb, kommt!“

Die Jungen folgten ihr und Felix nur zögernd.

„Viel Zeit hab ich aber nicht“, murmelte Benni, „ich muss gleich zum Gottesdienst!“

Kurz darauf standen sie vor der Bibliothek. Eines der kostbaren Fenster war geborsten. Splitter lagen davor im Gras.

„So, jetzt sind wir genauso schlau wie vorher“, beschwerten sich Benni und Jakob. Die Kirchturmglocke schlug und der Novize wandte sich zum Gehen. Der Gottesdienst zur Terz stand an.

„Keineswegs“, meinte das Mädchen. „Hier ist etwas faul, wenn ihr mich fragt.“

? *Was ist Anna aufgefallen?*

Drei unter Verdacht

Benni hielt inne: „Was meinst du?“

Anna stützte die dünnen Arme in die Seite: „Das sieht man doch. Hier – die Glassplitter. Wenn das Fenster von außen eingeschlagen worden wäre, hätten die Splitter doch innen liegen müssen! Tun sie aber nicht.“

Jakobs Gesicht war ein einziges Fragezeichen: „Und was schließt du daraus?“

„Der Täter hatte ungehinderten Zugang zur Bibliothek. Er hat das Fenster von innen eingeschlagen, um eine falsche Spur zu legen“, erklärte das Mädchen aufgeregt.

„Das klingt reichlich abenteuerlich“, argwöhnte der Novize. „Demnach müsste er einen Komplizen im Kloster gehabt haben, der ihm aufsperrte. Das glaube ich nicht. Und jetzt muss ich endlich los! Ich komme sonst zu spät.“ Er sauste zur Kirche.

Jakob klopfte Anna spielerisch auf die Schulter: „He, das war nicht schlecht. Hätte glatt von mir sein können. Was schlägst du vor? Sollen wir den Abt benachrichtigen?“

„Lieber nicht. Der hält uns für verrückt. Wir brauchen noch mehr Hinweise.“

„Ja, vielleicht hat jemand etwas beobachtet. Wir müssen die Leute befragen, die in der Nähe waren, als es passierte.“

Jakob, Anna und Felix mischten sich unter das Volk. Das Kloster glich mit seinen Werkstätten, Ställen, Scheunen, der Herberge, dem Krankenhaus und den Gärten einer kleinen Stadt. Seit bekannt war, dass Karl der Große kommen würde, schien es, als läge das ganze Kloster im Fieber. Ochsen- und Pferdekarren schoben sich durch die Menschenmengen. Fliegende Händler errichteten ihre Stände. Akrobaten zeigten ihr Können, Bänkelsänger erhoben ihre Stimmen. Und überall sah man Mönche und Wachen, die vergeblich nach den Büchern und dem Dieb fahndeten.

Felix rannte, die Nase dicht am Boden, bellend herum. Sein Stummelschwänzchen wedelte wie aufgezogen. Fast wäre der kleine Hund unter die Räder eines Pferdegespanns gekommen. Der Bauer, der neben dem Gespann ging, schlug mit einem Stock nach dem kleinen Hund, ohne ihn jedoch zu treffen.

„Nehmt das hässliche Vieh da weg!“, keifte der Mann.

„Hässlich? Das hätten Sie nicht sagen dürfen!“, lachte Anna. Schon zwickte Felix den Bauern in die Wade.

Der Mann brüllte auf, schlug wieder nach dem Hund, aber der war viel zu schnell für ihn.

„Hässlich darf man Felix nicht nennen, da beißt er immer zu!“, meinte das Mädchen.

Der Bauer drohte ihr mit dem Knüppel, zog jedoch weiter zu einem Händler, der Obst und Gemüse feilbot.

„Siehst du den Stand?“, fragte Jakob. „Der steht der Bibliothek am nächsten. Vielleicht hat der Händler etwas bemerkt.“

Sie warteten, bis der Bauer verschwunden war, und traten an den Stand heran. Der Händler war ein hagerer Mann mit einer Hakennase. Er trug elegante, knielange Hosen aus Leinen, einen hemdartig geschnittenen Kittel, Wadenbinden aus Stoff und Bundschuhe. Misstrauisch beäugte er die Kinder. Vor allem Anna in ihrem einfachen, ärmellosen Hemdrock. „Was wollt ihr?“, fragte der Händler ungehalten.

„Etwas kaufen!“, sagte Jakob schnell. Er zog einen kleinen Beutel hervor und ließ die Münzen klimpern.

Der Mann lächelte plötzlich freundlich: „Stets zu Diensten.“ Er deutete eine Verbeugung an.

„Wir brauchen eigentlich kein Obst oder Gemüse, auch wenn Ihres sehr gut aussieht“, begann Jakob umständlich. „Wir sind eher auf der Suche nach ...“

„Wir wollen wissen, ob Sie etwas von dem Diebstahl in der Bibliothek bemerkt haben. Ist Ihnen etwas Ungewöhnliches aufgefallen?“, unterbrach Anna ihren Freund.

Der Händler verschränkte die Arme vor der Brust: „Was geht das euch Rotznasen an? Wollt ihr nun etwas kaufen oder nicht?“

Jakob griff nach ein paar Äpfeln und reichte sie dem Mann, damit er sie abwiegen konnte. „Also, haben Sie was bemerkt?“

Der Händler kniff die Augen zusammen: „Eigentlich nicht.“ Er kratzte sich hinter dem Ohr. „Doch, halt. Mir fiel ein Reiter auf, der in vollem Galopp an meinem Stand vorbeistob. Aber das habe ich den Wachen auch schon gesagt.“

Die Augen der Kinder wurden groß. Anna fragte: „Wie sah der Reiter aus? Hatte er etwas dabei?“

„Ein kleiner, dicker Mann mit einem Hut. Er trug einen Sack über der Schulter. Sein Pferd war ein Fuchs, daran erinnere ich mich.“ Der Händler reichte den beiden die Früchte und nahm das Geld in Empfang. „Verschwindet jetzt endlich! Ich weiß sonst nichts.“

Anna und Jakob gehorchten. Ein paar Meter weiter bissen sie in die Äpfel.

„Hm, lecker!" Anna gab ihrem Hund ein Stück. Zu Jakob meinte sie: „Wir sollten uns weiter umhören. Der Anfang war doch vielversprechend. Ein Reiter mit einem Sack, der es verdächtig eilig hatte!"

„Gut", meinte der Junge. „Wie wär's mit dem Bettler da?" Jakob zeigte auf einen alten Mann, der in der Nähe der Sakristei unter einem Baum hockte. „Vielleicht war der ja schon heute Morgen hier."

Das Haar des Bettlers war grau und verfilzt, die Kleidung bestand aus Lumpen. Der Alte blickte langsam auf, als der Schatten der Kinder auf ihn fiel. Der Mann hatte nur noch ein Auge, mit dem er sie scharf musterte. Müde sprach er zu dem Jungen: „Habt Ihr, junger Herr, ein Almosen? Seid barmherzig!"

„Vielleicht", gab Jakob zurück. „Beantworte mir erst eine Frage. Seit wann hockst du hier?"

„Vielleicht schon eine Ewigkeit." Der Bettler lachte hohl. „Nein, Unsinn. Es sind sicher schon zwei, drei Tage. Aber Zeit spielt für mich keine Rolle mehr, wisst Ihr?"

„Erinnere dich: Ist dir heute etwas Merkwürdiges aufgefallen?" Der Junge warf dem Bettler eine Münze zu.

Geschickt fing sie der alte Mann auf: „Ja, dieses laute Krachen. Ein Splittern. Davon bin ich aufgewacht. Kurz danach kam ein schwer beladener Wagen vorbei."

„Ein Wagen?", mischte sich Anna ein. „Erzähle!"

Der Bettler zuckte mit den Schultern. „Ein Karren eben. Hoch beladen. Eine Plane war darüber. Ich konnte nichts weiter erkennen. Zwei Männer saßen auf dem Bock. Sie schlugen auf die Pferde ein, weil es ihnen wohl nicht schnell genug vorwärts ging."

Anna und Jakob drangen weiter auf den Bettler ein, erfuhren aber nichts mehr. Als Nächstes befragten sie eine runde Frau, die Kräuter anpries. Felix schnüffelte interessiert.

„Fort mit dir!", schimpfte die Frau. „Du schreckliches, häss..."

„Nennen Sie ihn bloß nicht hässlich!", warnte Anna schnell. „Das kann üble Folgen haben." Felix hatte schon den Kopf gehoben und knurrte.

Mit Jakobs Geld kauften die beiden der Frau ein Säckchen mit Salbei ab. Es gelang Anna, die Händlerin in ein Gespräch zu verwickeln. Nein, etwas Besonderes habe sie nicht bemerkt, sagte die Kräuterfrau. Etwas ärgerlich schloss sie: „Sieht man einmal von einem Mönch ab, der mich in der Morgendäm-

merung fast über den Haufen geritten hätte. Er saß auf einem kräftigen Rappen. Die Kapuze hatte er tief ins Gesicht gezogen, sodass ich sein Gesicht nicht erkennen konnte. Außerdem trug er eine goldene Kette." Sie seufzte: „Manchmal glaube ich, dass die Zeiten immer gottloser werden."

Nachdenklich gingen die Freunde weiter.

Anna war unzufrieden: „Sollen wir noch weitermachen? Die Aussagen haben uns nicht geholfen, oder?"

Jakob antwortete nicht. Zu tief war er in Gedanken versunken.

„He, was ist los mit dir?", fragte Anna. Sie knuffte Jakob in die Seite. „Redest du nicht mehr mit mir?"

„Psst!", machte Jakob. Plötzlich ballte er die Fäuste: „Von wegen, die Befragungen haben uns nicht weitergebracht. Es gab sehr wohl einen entscheidenden Hinweis!"

Welche Aussage enthielt einen Hinweis?

Nachts auf dem Friedhof

„Ein Mönch mit einer Kette – das hätte mir eigentlich auch auffallen müssen“, meinte Anna, nachdem Jakob mit seiner Erklärung fertig war. „Mönche führen doch ein sehr bescheidenes Leben und dürfen keinen Schmuck tragen!“

„Genau, wir haben es mit einem falschen Mönch zu tun!“, rief Jakob. „Er hat sich ins Kloster eingeschlichen und die Bücher gestohlen.“

Plötzlich stand Angst in den Augen des Mädchens. „Die Kräuterfrau sagte, dass der Mann die Kapuze tief hinabgezogen hatte. Meinst du, wir haben es mit dem *Mönch ohne Gesicht* zu tun?“

Jakob erschrak. Der Mönch ohne Gesicht trieb seit Jahren sein Unwesen im Reich Karls des Großen. Auf seinen Kopf war eine hohe Belohnung ausgesetzt. Aber bisher hatte niemand sein Antlitz erblicken können – und so war der Mönch ohne Gesicht zu seinem Namen gekommen, den das Volk vor lauter Angst nur ganz leise und hinter vorgehaltener Hand auszusprechen wagte.

„Wir müssen unbedingt Benni informieren“, meinte Jakob. „Wenn sich nun der Mönch ohne Gesicht ins Kloster eingeschlichen hat?“

„Ja“, pflichtete ihm Anna bei. Viele Bereiche des Klosters waren allein den Mönchen und Novizen vorbehalten. Benni würde die Augen aufhalten müssen.

„Kannst du ihn nach dem Gottesdienst abfangen?“, fragte Anna. „Ich muss nach Hause. Ich habe versprochen, meinem Vater beim Schweinehüten zu helfen. Er treibt sie heute in die Wälder zur Eichelmast.“

„Auch ich müsste mich eigentlich beeilen. Mein Vater wird mich schlagen, wenn ich nicht bald aufkreuze“, befürchtete Jakob. „Aber gut, ich werde auf Benni warten!“

Benni war ebenso entsetzt, als er vom Verdacht der Freunde hörte. Er versprach, auf der Hut zu sein.

„*Valde bona!*", rief Jakob. Sehr gut!

„He, hast du etwa einmal in Latein aufgepasst?", lachte der Novize.

„Tja, dafür sorgt der dicke Udalrich schon!", gab der Freund zurück. „Ich muss heim. Halte du die Augen auf. Bis morgen!"

Das Leben der Mönche und Novizen war mit Beten und Arbeiten erfüllt. Bis zu acht Stunden verbrachten sie in Sommer und Herbst auf den Feldern. Hinzu kam die geistige Arbeit wie das Lesen von heiligen Schriften oder das Kopieren bedeutender Bücher.

Mehrfach am Tag kamen die rund einhundert Glaubensbrüder zu Gottesdiensten in der Kirche zusammen. Ausgenommen waren nur die Mönche, die weit draußen auf den Feldern arbeiteten. Sie erhielten vom Abt die Erlaubnis, den Gottesdienst vor Ort zu feiern, indem sie ihre Knie in Ehrfurcht vor dem Herrn beugten.

Der Tag war derart mit Pflichten gefüllt, dass Benni kaum die Möglichkeit hatte, seinem geheimen Auftrag nachzugehen. Dennoch – jedes Gesicht musterte der Junge scharf. Einen fremden Mönch konnte er nicht ausmachen. Das sollte sich bald ändern. Doch das konnte Benni nicht ahnen, als er nach der Komplet, dem Nachtgebet, hundemüde auf die Binsenmatte seines Bettes fiel. Der Novize schlief unruhig, er träumte vom Mönch ohne Gesicht.

Der Dieb saß auf einem schnaubenden Pferd. In der einen Hand hielt er das Arzneibuch des Klosters, in der anderen ein brennendes Holzscheit. Mit einem teuflischen Lachen zündete der Mönch ohne Gesicht das Buch an. Verzweifelt versuchte Benni, die Schrift zu retten, doch es war umsonst. In seiner Wut riss er dem Dieb die Kapuze vom Kopf: Darunter war ein Totenkopf, in dessen leeren Augenhöhlen das ewige Feuer der Verdammnis glomm.

Um zwei Uhr morgens wurde Benni unsanft geweckt. Ein Mönch lief durch das im ersten Stock gelegene Dormitorium und schwang ein Glöckchen mit einem feinen wie hartnäckigen Klang. Es war Zeit, am Nachtgottesdienst Mette teilzunehmen. Müde erhob sich der Junge. Er lief aus dem Schlafsaal die Treppe hinab und kam am Wärmeraum vorbei. Das war der einzige Raum, der im Winter beheizt werden konnte. Mit den anderen ging er durch den Kreuzgang zur Klosterkirche.

Dort bestiegen zwei Mönche die Kanzel und sangen einen Psalm. Feierlich und glasklar, rein und schön füllten ihre tiefen Stimmen die Kirche. Benni beobachtete die Glaubensbrüder im Chorgestühl. Die Mönche sahen fast alle gleich aus in ihren Kutten und Kapuzen. Dunkle Schatten, kaum erhellt vom unheimlichen Schein der Fackeln. Angst stieg in Benni auf. Wieder sah er die leeren Augenhöhlen des Totenkopfes vor sich. Das brennende Buch ...

Waren sie unter sich, rasten Bennis Gedanken weiter, oder hatte sich der Mönch ohne Gesicht in ihre Gemeinschaft eingeschlichen? Nein, vermutlich spielte ihm seine Fantasie einen Streich – oder etwa doch nicht? Unsicherheit und Furcht fraßen sich in das Gefühl des Vertrauens, das er in diesen Mauern immer empfunden hatte. Der Novize versuchte, sich auf den Gottesdienst zu konzentrieren.

Es folgten Lesungen aus der Heiligen Schrift und weitere Gebete. Zum Schluss sangen alle feierlich das Tedeum und gingen zurück in ihre Schlafräume. Benni war gerade im Kreuzgang, als er plötzlich stutzte. Denn während alle dem Dormitorium zustrebten, verschwand einer der Mönche plötzlich Richtung Speisesaal in der Finsternis. Der Novize zögerte – sollte er dem Mann folgen? Zu dumm, dass er das Gesicht des Bruders nicht erkannt hatte.

Doch seine Neugier war stärker als die Angst und Benni folgte dem Unbekannten. Der Mönch war am Speisesaal vorbeigegangen und steuerte nun auf das Badehaus zu. Benni rannte hinterher, spähte um die Ecke. Der Mönch lief zügig Richtung Friedhof. Der Novize hielt gebührenden Abstand. Jetzt verschwand der Unbekannte zwischen den Bäumen, die die Grabstellen säumten. Dem Jungen fuhr der Schreck in die Glieder: Was wollte der Mönch dort in der Nacht? Mit klopfendem Herzen schlich Benni weiter. Plötzlich hörte er ein Flüstern. Ein unterdrücktes Lachen. Vorsichtig bog Benni die Zweige eines Strauches auseinander. Da war der Mönch! Groß ragte seine Gestalt im fahlen Mondlicht auf. Er war in ein Gespräch mit einem anderen Mönch vertieft. Beide standen mit dem Rücken zu Benni an einem Grab. Unmöglich zu erkennen, um wen es sich bei den Männern handelte! Atemlos lauschte der Novize, konnte aber kein Wort verstehen. Etwas flatterte dicht an Bennis Kopf vorbei, der Junge stieß einen leisen Schrei aus.

Die Mönche fuhren herum, der Junge warf sich flach auf den Bauch. Schritte wurden laut, kamen direkt auf ihn zu. Benni schloss die Augen und betete, dass sie ihn nicht fanden. Ärgerliches Gemurmel, dann entfernten sich die Schritte. Erst nach einigen Sekunden wagte der Novize, den Kopf zu heben. Zwei dunkle Gestalten verließen gerade den Friedhof. Benni rappelte sich hoch. Er nahm all seinen Mut zusammen und sauste hinterher. Am Friedhofseingang trennten sich die Männer: Der eine wählte den Weg geradeaus zum Dormitorium, der andere hielt sich in südliche Richtung. Der Novize überlegte einen Moment – wem sollte er folgen? Er schlug den südlichen Weg ein.

Der Verdächtige begann mit einem Mal zu rennen. Er bog an der Latrine nach Westen ab. Benni kam schwitzend nach. Der seltsame Mönch nahm den zweiten Weg links und stürmte an der ersten Abzweigung nach rechts. Der Novize hatte Schwierigkeiten, dem Fremden zu folgen. Der Mann lief nun ein Stück geradeaus, überquerte eine Kreuzung und wandte sich danach Richtung Norden. Er war in eine schmale Gasse eingebogen. Abermals ging die Jagd ein Stück geradeaus. Der Mann in der Kutte vergrößerte den Vorsprung gegenüber seinem Verfolger. Gerade noch sah Benni, wie der Mann in dem Gebäude verschwand, das am Ende des Weges lag. Keuchend lehnte sich der Junge gegen eine kühle Mauer. Sein Puls hämmerte. Vor Aufregung, vor Angst. Er fürchtete die Strafe seiner Brüder, denn sein nächtlicher Ausflug konnte nicht verborgen geblieben sein. Aber Benni war auch sehr stolz. Denn jetzt wusste er, wo der Verdächtige untergeschlüpft war.

N
Haus für Gefolge
und
Gäste
Gästehaus
Schulhaus
Gästezimm
Pförtner
Klosterkirche
Pilgerherberge
Küche
Stallungen
Pferdestall
Korn-
haus
Brauerei
Malz-
darre
Stampfe
Mi

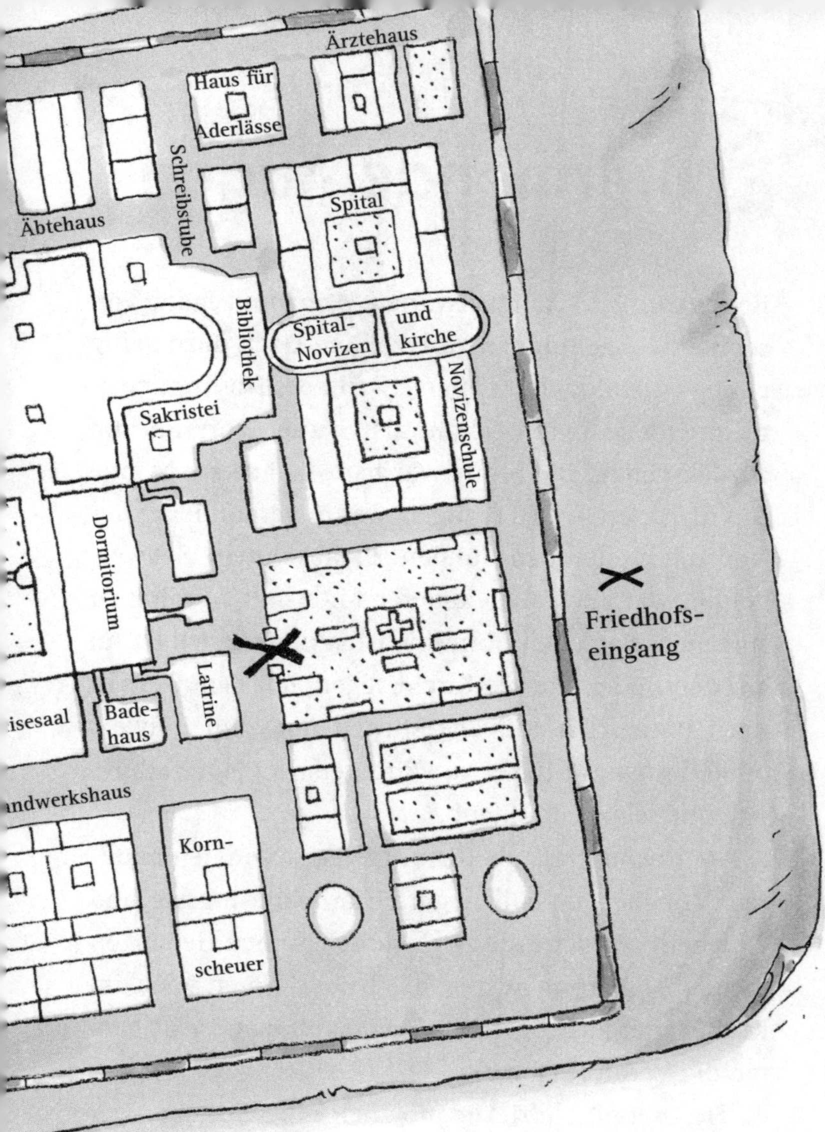

Was war das Ziel des Verdächtigen?

Brennende Augen

Benni konnte es kaum erwarten, Anna und Jakob von seinen Beobachtungen zu erzählen. Doch dazu sollte er erst einmal nicht kommen. Denn der Novizenmeister erwartete Benni schon, als er zum Dormitorium zurückschlich. Die Strafe war hart. Erst setzte es eine fürchterliche Tracht Prügel. Dann verdonnerte der Novizenmeister den Jungen zu absolutem Schweigen. Es war auch allen anderen untersagt, mit ihm zu sprechen. Nach den Gottesdiensten musste sich Benni auf den Boden vor die Kirche legen, mit dem Gesicht nach unten. Die Mönche stiegen über ihn hinweg, ohne ihn eines Blickes zu würdigen. Der Novize hustete und weinte im Staub.

Am Nachmittag, als Benni getrennt von den anderen Mönchen im Klostergarten arbeiten musste und Zwiebeln aus der Erde zog, wurde er einen Gedanken nicht los: Warum waren die beiden Täter noch im Kloster und nicht mit ihrer Beute geflohen? Was hatten die Verbrecher vor?

„He, Benni", hörte er plötzlich eine Stimme. Der Novize sah sich um. Da entdeckte er sie: Jakob, Anna und Felix hatten sich hinter einer Weide versteckt und winkten ihn heran. Vorsichtig schlich er zu seinen Freunden. Der kleine Hund sprang an dem Novizen hoch und leckte ihm einmal quer durchs Gesicht. Mit gedämpfter Stimme begann Benni zu erzählen. Die Augen der Freunde wurden immer größer. Vor allem als er von der nächtlichen Jagd auf dem Friedhof berichtete.

„Wir müssen in die Herberge!", rief Anna.

Jakob ballte die Fäuste: „Ich bin dabei. Ein Glück, dass heute kein Unterricht mehr ist."

„Ich kann euch jetzt leider nicht helfen, tut mir leid", bedauerte der Novize.

Anna legte ihm eine Hand auf die Schulter: „Wir machen das schon. Verlass dich auf uns."

Kurz darauf spähten Anna und Jakob durchs Fenster der Herberge. Der Schankraum lag wie ausgestorben vor ihnen.

„Das habe ich befürchtet", meinte Jakob. „Wir sind zu früh dran. Heute Abend sollten wir einen zweiten Versuch wagen, was meinst du?"

Das Mädchen nickte: „Gut. Aber lass mich erst noch einen Blick in den Stall werfen." Sie flitzte los. Der Hund stürmte bellend hinter ihr her. Jakob folgte etwas unschlüssig.

Knarrend schwang das Tor auf. Kein Mensch war zu sehen.

„Was willst du denn hier?", maulte Jakob. Fliegen surrten um seinen Kopf.

„Jetzt lass mich nur machen!" Anna lief die Reihe der Tiere ab. Mit einem Mal stoppte sie. „Da!", rief sie.

„Was ist da schon?", fragte Jakob ungehalten. „Doch nur ein Gaul!"

„Von wegen, du Ochse!" Anna deutete auf ein stattliches Pferd. „Ein Rappe! Wie ihn die Kräuterfrau gestern beschrieben hat. Weißt du nicht mehr?"

Jakob kam näher. „Na ja, könnte hinkommen", gab er zu. „Aber das mit dem Ochsen nimmst du sofort zurück!"

„Ja, ja, schon gut. Dann ist er noch hier in der Herberge, der Mönch ohne Gesicht", wisperte Anna. „Wir müssen uns auf die Lauer legen."

„Im Stall?"

„Na klar." Das Mädchen sah sich um. „Wir brauchen einen sicheren Beobachtungsposten." Ihr Blick glitt nach oben. „Der Speicher! Das ist es. Komm!"

Über eine wackelige Leiter gelangten sie hinauf. Mit einem Fußtritt schob Anna das alte Stroh beiseite, das den Boden bedeckte.

„Einwandfrei", kommentierte sie. „Durch die Ritzen kann man genug erkennen. Schau, jetzt sind wir genau über dem Rappen."

„Und was ist, wenn der Mönch ohne Gesicht heute gar nicht mehr im Stall aufkreuzt?", warf der Junge ein.

„Hm, dann muss eben einer von uns in der Herberge aufpassen. Und der andere bleibt hier. Nämlich du."

„Ich? Ich habe keine Lust auf eine Nacht im Stall. Vergiss es!"

„Nein! Ich frage, ob ich heute Abend in der Wirtschaft aushelfen darf. Das habe ich schon oft gemacht. Ich falle dort nicht auf. Du aber schon. Also gehst du in den Stall."

Die Dunkelheit hatte sich über das Kloster gelegt wie ein schwarzes Tuch. Nur aus den Fenstern der Herberge schimmerte Licht. Die Schänke hatte sich in der letzten Stunde rasch gefüllt. Anna schleppte die schweren Bierkrüge zu den Gästen, servierte Essen und sagte dem Wirt Bescheid, wenn jemand bezahlen wollte. Felix blieb stets dicht bei ihr.

Eine Gruppe von Männern hatte sich um Liafwin geschart. Der Spaßmacher saß mitten auf dem Tisch und spottete:

„Gar böse ist der Abt, weil er keine Bücher hat."

Einige Gäste lachten unterdrückt. Man bestellte Liafwin einen neuen Krug Bier, damit seine Stimme gut geölt blieb. Als Anna das Getränk brachte, dichtete der Spaßmacher:

„Da kommt mein Bier, das lob ich mir!
Doch was will hier das hässliche Tier?“

Er deutete auf Felix. Die Männer grölten.

Der kleine Hund spitzte die Ohren, dann fletschte er die Zähne. Mit einem Satz war er auf dem Tisch und zwickte Liafwin in den Fuß. Der Spaßmacher brüllte auf. Vor Wut wurde sein Gesicht puterrot. Als er jedoch sah, dass alle anderen lachten, beherrschte er sich. Er riss noch ein paar Witze, verließ dann aber die Schänke.

Währenddessen langweilte sich Jakob in seinem Versteck auf dem Speicher. Immer wieder hatten Knechte oder Pferdebesitzer den Stall betreten, aber niemand hatte sich bisher um den Rappen gekümmert. Der Junge machte es sich so bequem wie möglich. Er schob ein bisschen Heu zusammen und legte seinen Kopf darauf. Zuhause in seinem Bett war es zweifellos bequemer. Den Hof seiner Eltern hatte er vor ein paar Stunden klammheimlich verlassen. Und jetzt war er hier ... Irgendwann döste Jakob ein.

Ein Schnauben weckte ihn. Jakob fuhr hoch, spähte durch den schmalen Spalt hinab. Der Rappe tänzelte unruhig auf der Stelle. Ein Licht kam näher. Eine männliche, beruhigende Stimme war zu hören.

Dann tauchte eine Gestalt mit einer Stalllaterne aus dem Dunkeln auf.

Jakob stockte der Atem. Ein Mönch! Im schwachen Licht erkannte der Junge, dass der vermeintliche Diener Gottes die Kapuze tief ins Gesicht gezogen hatte. Plötzlich schaute der Mann hoch. Seine Augen brannten für einen Moment in denen des Kindes.

Jakob sah nur diese Augen, die ihn durchdrangen wie ein scharfes Messer. Wissende, kalte Augen. Die Augen eines Raubvogels, der sich aufschwingt, um sein Opfer zu schlagen.

Der Junge fuhr zurück, voller Panik, einen Schrei auf seinen Lippen. Die Leiter knarzte. Jakob krabbelte in einen Haufen Heu, verbarg sich darin. Feste Schritte dröhnten auf den Holzbohlen. Plötzlich Stille. Erneute Schritte. Eine Stimme sagte: „War wohl nur irgendein Vieh." Als Jakob wieder die Leiter unter dem Gewicht ächzen hörte, schlüpfte er aus dem Heu und wagte sich zurück zu seinem Beobachtungsposten. Ein zweiter Mönch war hinzugekommen. Auch sein Gesicht war unter einer Kapuze verschwunden. Die Männer sprachen kein Wort. Aber ein kleines Stück Pergament wechselte den Besitzer. Der Hinzugekommene verschwand augenblicklich wieder. Der Pferdebesitzer warf einen kurzen Blick auf das Schriftstück. Dann zerriss er es in kleine Fetzen, warf sie achtlos auf den Boden und verließ ebenfalls den Stall. Als der Mönch die Tür aufstieß, verteilte ein Windstoß die Schnipsel im Stall.

Jakob kletterte mit weichen Knien vom Dachboden. Fieberhaft suchte er die Pergamentfetzen. In einem Wassertrog schwamm einer, ein anderer Schnipsel lag in einem Futtersack. Weiter ging die Suche! Doch Jakob fand nur noch ein winziges Pergamentstückchen. Ratlos ging der Junge aus dem Stall.

Aus der Dunkelheit sprang plötzlich ein Schatten auf ihn zu. Jakobs Herz setzte aus. Doch dann erkannte er Felix. Der Junge musste über sich selbst lachen. Nun tauchte auch Anna auf.

„Endlich Schluss in der Herberge. Der letzte Zecher ist gerade gegangen!", rief sie. „Ich habe nichts Verdächtiges bemerkt. Und du?"

Die beiden schlugen den Weg zwischen dem Kornhaus und der Brauerei ein.

Jakob erstattete Bericht.

„Und dir ist wirklich nichts an den Männern aufgefallen?" Anna konnte es kaum glauben.

Jakob versuchte, sich an jedes Detail zu erinnern: „Nein, nichts, woran ich die Kerle wieder erkennen könnte. Zum einen trugen sie Kapuzen. Und zum anderen war es ja auch ziemlich dunkel!" Von den brennenden Augen und seiner Angst erzählte er Anna lieber nichts.

Es war eine finstere Nacht. Der Mond verbarg sich hinter dicken Wolken. Mehrfach stolperten die Kinder.

„Ganz schön unheimlich", flüsterte Anna. „Außerdem ärgert es mich, dass wir in unserem Fall nicht weiterkommen. Alles, was wir haben, sind ein paar Schnipsel!"

„Abwarten. Die Fetzen sollten wir erst einmal untersuchen. Sieh mal, da vorn brennt noch Licht!" Jakob deutete auf ein erleuchtetes Fenster im Spital. Die beiden kauerten sich davor. Jakob breitete seinen Schatz aus und glättete vorsichtig die Schnipsel.

Immer wieder schob er die Pergamentstücke an andere Positionen, versuchte, sie zusammenzufügen – wie bei einem Puzzle. Plötzlich huschte ein Lächeln über sein Gesicht: „Ich hab's doch geahnt – unser Einsatz war nicht umsonst!"

Was stand auf dem Pergament?

Rätselhafte Zeichen

Als die Sonne aufging, waren Anna und Jakob samt Felix wieder auf dem Weg ins Kloster. Jakob musste zum Unterricht beim feisten Udalrich. In Gedanken ging er die Vokabeln durch, die er gestern mehr schlecht als recht gelernt hatte. Anna hatte andere Sorgen. Der Vater hatte ihr aufgetragen, sich in den Ställen des Klosters zu verdingen. Doch nie wusste Anna, ob man Arbeit für sie hatte oder ob man sie einfach nur wegjagte.

Im Kloster herrschte noch mehr Gedränge als am Tag zuvor. Vor der Novizenschule stoppten die Kinder. Sie hofften, dass sie Benni treffen würden. Und so war es auch. Sie zogen den Novizen zur Seite.

„Die wollen die Schätze der Sakristei rauben?“, fragte Benni fassungslos.

„Ja, die Schnipsel lassen darauf schließen. Jetzt wissen wir auch, warum die Diebe nicht geflohen sind, nachdem sie die Bücher gestohlen hatten. Sie wollen noch mehr Beute machen! Und die Wachen tappen im Dunkeln. Benni, du musst mit dem Abt reden!“, rief Jakob.

Der Novize wand sich: „Was ist, wenn er mir nicht

glaubt? Man hat mir gerade meine Strafe erlassen. Ich will nicht wieder Redeverbot und Prügel bekommen."

„Du musst ihn warnen, es ist deine Pflicht", meinte auch Anna. „Sonst werden wir es tun!"

„Gut, ich mache es." Bennis Augen weiteten sich. „Wenn ich nur an die herrlichen Dinge in unserer Sakristei denke: mit Edelsteinen besetzte Kronen, Schnitzereien aus Elfenbein, kostbarste Evangeliare, golddurchwirkte Paramente! Einmalige Bücher in der Minuskelschrift, versehen mit goldkolorierten kleinen Bildern."

„Na also, die willst du doch nicht diesen Dieben überlassen, oder?“ Jakob betrachtete die Diskussion für beendet.

„Nein, natürlich nicht. Nach dem Gottesdienst zur Terz will ich den Abt ansprechen“, nahm sich der Novize vor.

Anna verdrehte die Augen: „Manchmal habe ich den Eindruck, euer Leben besteht nur aus Gottesdiensten.“

„Du übertreibst“, sagte Benni nachsichtig. „So viele sind es nun auch nicht. Nach der Mette in der Nacht folgt die Laudes, die bei Anbruch der Dämmerung endet“, erklärte der Junge. „Und kurz bevor es richtig hell wird, so gegen sieben Uhr, treffen wir uns zur Prim, die wir die erste Stunde nennen. Gegen neun Uhr folgt die Terz, um zwölf die Sext, um zwei Uhr die None. Den Abschluss bilden Vesper und Komplet.“

„Oje“, stöhnte Anna. „Ich würde vermutlich ständig etwas vergessen oder zu spät kommen.“

Jetzt mischte sich Jakob ein: „Die Gefahr sehe ich bei unserem Freund Benni allmählich auch. Lauf und unterrichte den Abt, bevor du wieder unangenehm auffällst.“

„Ich eile!“, rief der Novize und verschwand.

Einige Stunden später saß der Junge im Refektorium, dem Speisesaal der Glaubensbrüder, schweigend beim Essen. Die Mönche hockten an langen Tischen. Richbod, der Abt, weilte im Gästehaus, um mit hochrangigen Besuchern zu speisen, die anlässlich des Besuches von Karl dem Großen gekommen waren.

Das Gespräch mit Richbod war aus Sicht des Novizen ein Reinfall gewesen. Der Abt hatte ihm keinen Glauben geschenkt und Benni einen Narren genannt. Der Novize hatte sich klein, dumm, aber vor allem ungerecht behandelt gefühlt. Er war ein Junge, der leicht aufbrauste. Nur mit Mühe hatte er sein Temperament zügeln können. Denn von den Novizen wurde ein absoluter, vollkommener Gehorsam gegenüber dem Abt erwartet. In naher Zukunft würde Benni vor dem versammelten Konvent diesen unbedingten Gehorsam – *oboedientia* genannt – feierlich versprechen müssen. Nun saß der Novize enttäuscht und blamiert im Speisesaal und löffelte ohne Appetit eine fade Gemüsesuppe.

Während der Mahlzeit hatte absolute Ruhe zu herrschen. Nur der Mönch, der zum Vorlesen bestimmt war, durfte seine Stimme erheben. Also bedienten sich die Glaubensbrüder der Zeichensprache, wenn sie etwas brauchten. Theodulf, der Bibliothekar, formte mit Daumen und Zeigefinger einen Kreis – und schon reichte ihm jemand das Brot. Als Benni ein Stück Käse wollte, das am anderen Ende des Tisches lag, rieb er die Hände aneinander und erhielt prompt das Gewünschte.

So verlief das karge Mahl in seinen gewohnten

Bahnen, bis Benni etwas auffiel. Bruder Angilbert, als Sacratarius für die Sakristei verantwortlich, saß etwas abseits von den anderen und gab auch Zeichen. Allerdings schien ihm, halb versteckt, daran gelegen, dass man ihn dabei nicht beobachtete. Jedes Mal sah er sich kurz um, bevor Bewegung in seine Finger kam. Außerdem gab der Sacratarius die Zeichen nicht zu einem Mitbruder, sondern zum Fenster hin! Dort bemerkte Benni eine Gestalt. Ihn schauderte: Das Mönchsgewand verdeckte das Gesicht!

Der Mönch ohne Gesicht!, durchfuhr es den Novizen. Gelähmt vor Schreck, starrte er weiter auf die beiden Brüder.

Angilbert faltete rasch die Hände, machte dann das Zeichen für die Eins. Die Kapuze am Fenster nickte. Zwei schlanke Hände tauchten im Fensterrahmen auf, dann wieder die Zeichen für Beten und Eins.

Der Mönch ohne Gesicht hatte die Botschaft bestätigt! Schon war der Schatten verschwunden – wie ein Spuk. In diesem Moment wandte sich der Sacratarius in Bennis Richtung. Blitzschnell senkte der Novize den Blick, löffelte zitternd seine Suppe. Er wagte einige Minuten lang nicht aufzuschauen. Ihm war, als starre ihn Angilbert unverwandt an.

War der Sacratarius etwa der Komplize vom Mönch ohne Gesicht? Benni dachte an die Nacht zurück, in der er die beiden Verdächtigen nach dem Gottesdienst verfolgt hatte. Von der Gestalt her – groß und hager – könnte Angilbert einer der Männer gewesen sein. Gedankenverloren tunkte der Novize das Brot ein. Angilbert hatte den Schlüssel zu den Schätzen in der Sakristei. Das würde auch mit den Pergamentstücken zusammenpassen, die Jakob gefunden hatte.

Benni hob den Kopf ein wenig. Angilbert beachtete ihn nicht, trank aus seinem Weinbecher. Ein Viertelliter stand den Mönchen pro Tag zu.

Der Junge entspannte sich ein wenig, grübelte weiter. Musste er jetzt nicht erneut den Abt aufsuchen?

Aber was sollte er ihm sagen? Dass er Angilbert dabei beobachtet hatte, wie dieser seltsame Zeichen gegeben hatte? Das konnte der Sacratarius jederzeit abstreiten. Benni hatte keine Zeugen, er konnte seinen Verdacht nicht belegen. Dem Novizen würde eine weitere harte Strafe drohen.

Plötzlich stieß ihn sein Nachbar unter dem Tisch an und deutete mit dem Kopf zum dicken Bruder Udalrich, der Benni schräg gegenüber saß. Der Lehrer machte mit seinen Händen eine Schwimmbewegung. Benni begriff und reichte den Fisch herüber. Der Novize fiel in seine Grübelei zurück. Nein, er konnte noch nicht zum Abt. Es fehlten einfach die Beweise.

Beweise, Belege, Hinweise – Zeichen. Was hatte Angilbert seinem Komplizen in der Zeichensprache mitgeteilt? Versonnen kaute der Junge auf dem Graubrot herum. Plötzlich huschte ein Lächeln über sein Gesicht. Er wusste jetzt, um welche Uhrzeit die Täter zuschlagen wollten.

?

Wann wollen die Täter zuschlagen?

Auf der Lauer

Benni traf seine Freunde kurz vor der Komplet. Seine Wangen glühten vor Aufregung, als er ihnen von seiner Entdeckung erzählte.

„Natürlich, die Prim! Das wäre gegen sieben Uhr. Lasst uns gleich zum Abt gehen!“ Jakob war kaum noch zu halten.

„Aber wir wissen doch noch nicht an welchem Tag“, bremste ihn Anna.

„Leider. Und ausgerechnet Bruder Angilbert steckt mit ihm unter einer Decke. Er hat doch die Schlüssel zur Sakristei!“, meinte Benni verzweifelt.

„Lass den Kopf nicht hängen. Wir werden nicht zulassen, dass die Schätze geraubt werden!“, erwiderte Jakob entschlossen.

Benni sah ihn müde an: „Ach ja? Und wie willst du das anstellen? Drei Kinder gegen den Mönch ohne Gesicht? Der kennt keine Skrupel. Er wird uns garantiert töten!“

„Wir werden die Sakristei bewachen“, schlug Jakob vor. „Und wenn die Täter dort eindringen wollen, schlagen wir Alarm und holen Hilfe. So besteht keine direkte Gefahr für uns.“

„Gute Idee.“ Anna war einverstanden. „Wir zwei sind dabei!“ Sie deutete auf Felix, der an ihr hochsprang. Das Mädchen nahm ihn auf den Arm. „Seht ihr?“

Am nächsten Morgen färbte sich der Himmel blutrot. Es war kurz vor Sonnenaufgang. Anna und Jakob saßen im Schutz einer alten Eiche und beobachteten die Sakristei. Es war empfindlich kühl. Der Junge sah, dass Anna in ihrem zerschlissenen Kittel fror. Er bot ihr seinen Mantel an, doch sie lehnte ab: „Es geht schon.“ Das Mädchen schnappte sich einen kleinen Stock und warf ihn in hohem Bogen weg. Sofort rannte Felix hinterher. Sein Stummelschwanz bebte vor Freude, seine Ohren waren gespitzt.

Jakob richtete sein Augenmerk wieder auf die

schwere Holztür vor der Sakristei. Was wäre, wenn die Täter von innen an die Schätze herankamen – so, wie es ihnen in der Bibliothek gelungen war? Und was wäre, wenn sie durch die Kirche entkommen wollten? Nein, entschied Jakob. Das wäre zu kühn, zu riskant. Seiner Meinung nach würden die Täter den schnellsten Weg wählen. Der führte an dem Baum vorbei, hinter dem sich die Kinder versteckt hielten.

Am Horizont wurde es langsam heller. Die Sonne war endgültig erwacht und eroberte den Himmel. Nun konnte es nicht mehr lange dauern, bis die Glocke zur Prim rief. Würde der Mönch ohne Gesicht heute zuschlagen? Jakob war davon überzeugt. Denn wenn Karl der Große erst einmal im Kloster war, hatten es die Diebe schwerer. Schließlich zogen im Gefolge des Kaisers auch jede Menge Krieger mit.

Anna schien keinen tiefschürfenden Gedanken nachzuhängen. Sie spielte mit ihrem Hund. Wieder und wieder flitzte Felix auf seinen kurzen, krummen Beinen dem Stück Holz hinterher und brachte es zurück. Dann setzte er sich brav hin, legte die Beute ab und sah Anna mit seinen großen braunen Augen so lange bittend an, bis das Mädchen das Stöckchen erneut warf. Jetzt flog es ganz in die Nähe der Sakristei.

„Bist du verrückt? Du wirst uns noch verraten!“, zischte Jakob ärgerlich.

Felix sauste seinem Spielzeug hinterher.

Plötzlich hörten die Kinder einen unterdrückten Fluch: „Verschwinde, du hässliche Töle.“

Anna und Jakob drückten sich dicht an den mächtigen Stamm des Baumes und spähten Richtung Sakristei. Sie fuhren augenblicklich zurück. Angilbert stand an der Tür und trat wütend nach Felix. Der Hund umkreiste den Mönch kläffend und versuchte, ihn ins Bein zu beißen.

„Ich hab’s geahnt: Jetzt fliegen wir auf“, flüsterte Jakob wütend.

„Unsinn, lass mich nur machen“, erwiderte Anna. Sie stieß einen leisen Pfiff aus. Felix ließ von dem Mönch ab und rannte Richtung Eiche.

Der Junge konnte es nicht fassen: „Na toll, jetzt lockst du Felix auch noch hierher!“ Angst stieg in ihm auf. „Angilbert wird uns finden!“

Anna tippte sich an die Stirn: „Denkste!“ Blitzschnell hob sie vom Boden einen Ast auf und warf ihn in ein weit entferntes Gebüsch. Bellend verschwand der Hund darin.

„Zufrieden?“, fragte das Mädchen grinsend.

Jakob sagte lieber nichts. Er beobachtete Angilbert.

Der Mönch starrte auf das Gebüsch, in das sich der Hund gestürzt hatte. Als Felix nicht wieder auftauchte, griff der Mönch zu dem Schlüsselbund an seinem Gürtel. Er warf einen letzten Blick über die Schulter, dann steckte er einen Schlüssel in das Schloss der Holztür.

„Jetzt geht er rein!“ Jakob stieß Anna aufgeregt in die Seite.

„Psst, halt die Klappe!“, gab das Mädchen zurück.

Der Mönch hielt inne. Er drehte sich langsam um. Angilbert stierte auf die Eiche, hinter der sich die Kinder verbargen.

„Mist, er hat etwas gehört!“, entfuhr es dem Mädchen.

Der Sacratarius kratzte sich am kahl geschorenen Kopf. Dann schloss er die Tür ab und ging auf den Baum zu.

„Jetzt kriegt er uns. Und dein Hund ist schuld!“, flüsterte Jakob.

Anna tippte sich an die Stirn: „Quatsch, du warst zu laut!“

Angilbert war nur noch wenige Meter entfernt. Da begann die Glocke zu schlagen. Sie rief die Mönche zum Gottesdienst.

„Die Prim. Die Stunde vom Mönch ohne Gesicht!“, keuchte Jakob.

Der Sacratarius schien zu überlegen. Dann hastete er zurück zur Sakristei. Erneut schloss er die Tür auf, verschwand kurz, erschien wieder, warf nervöse Blicke nach rechts und links und eilte dann in Richtung Kirche davon.

Die Kinder atmeten auf. Doch in diesem Moment brach Felix aus dem Gebüsch und lief kläffend auf Anna zu.

Angilbert fuhr herum und entdeckte die drei. Wütend lief er auf sie zu. „Was macht ihr hier?“, brüllte der Mönch. „Verschwindet!“

Anna nahm Felix hoch, zog Jakob, der wie erstarrt dastand, am Hemd und rannte weg. Endlich kam auch Bewegung in den Jungen.

„Na wartet, ich werde euch lehren, hier herumzuspionieren!", gellte die Stimme des Sacratarius hinter ihnen her. Er nahm einen Stein und schleuderte ihn in Richtung der Kinder. Knapp flog das Geschoss an Anna vorbei. Das Mädchen rannte geduckt weiter, sprang über eine niedrige Mauer, ging dahinter mit Felix in Deckung.

Jakob war nicht schnell genug. Der nächste Stein streifte seinen Kopf. Der Junge schrie auf. Etwas Warmes lief an seinem Ohr herunter. Er warf sich hinter die Mauer, wo Anna lag.

„Oje, du blutest ja!“, erschrak das Mädchen.

„Nur ein Kratzer“, meinte Jakob tapfer. Dennoch hätte er am liebsten geheult. Weniger vor Schmerz als vor Wut. Er blickte vorsichtig über den Rand der Mauer. Angilbert hatte sich umgedreht und lief nun endgültig zur Kirche.

„Den sind wir erst einmal los!“, meinte der Junge erleichtert.

Anna rappelte sich auf: „Na, dann nichts wie zurück zu unserem Posten!“

Die Kinder versteckten sich wieder hinter dem Baum. Anna untersuchte die Wunde an Jakobs Kopf. Es handelte sich nur um eine oberflächliche Verletzung, einen kleinen Riss in der Haut.

„Also, Angilbert steckt auf jeden Fall mit dem Mönch ohne Gesicht unter einer Decke“, stellte Jakob fest.

„Allerdings“, sagte das Mädchen. Sie wandte ihre Augen nicht von der Sakristei.

„Zu dumm, dass wir keinen Beweis haben“, meinte Jakob niedergeschlagen.

„Den haben wir doch!“, rief Anna. „Sieh dich mal genau um!“

? *Was hat Angilbert vergessen?*

Die geheimnisvolle Botschaft

„Jetzt braucht sich der Mönch ohne Gesicht ja nur noch zu bedienen“, rief Jakob entsetzt, als er die geöffnete Tür erblickte. „Schnell, wir müssen zum Abt, um ihn zu warnen.“ Die Kinder rannten in Richtung Kirche los.

In diesem Moment flog die Tür zur Sakristei auf. Der Mönch ohne Gesicht. Sein Gesicht war verdeckt von der Kapuze. Über der Schulter trug er einen Sack. Er erblickte die Kinder, ließ den Sack fallen, griff in die Kutte. Ein Schwert blitzte auf.

Anna und Jakob stoppten, machten kehrt, rannten fort, weg von der Kirche. Sie begannen, um Hilfe zu rufen.

Der Dieb stieß einen derben Fluch aus. Er lief zu der Birke, an die er seinen Rappen gebunden hatte. Schnell sprang er auf das schwere Ross und stieß ihm die Sporen tief in die Flanken. Das Pferd bäumte sich auf. Dann stob es los. Der Mönch ohne Gesicht lenkte den schnaubenden Rappen auf die Fliehenden zu. Der Boden bebte unter den Hufen des mächtigen Tieres.

Die Kinder liefen um ihr Leben. Jakob fand hinter einem Felsen Deckung. Anna wollte ihm folgen, geriet aber auf einer Wurzel ins Straucheln. Sie stürzte, schlug sich die Knie auf. Mühsam kam sie hoch, warf einen Blick zurück. Der unheimliche Reiter kam rasch näher. Er stieß ein helles, höhnisches Lachen aus. Gleich würde Anna die scharfe Klinge des Schwertes treffen. Das Mädchen schrie gellend. Der Mönch ohne Gesicht holte weit aus.

„Wirf dich flach hin!“, brüllte Jakob verzweifelt.

Anna gehorchte. Der Rappe setzte über sie hinweg.

Haarscharf sauste das Schwert am Kopf des Mädchens vorbei. Pferd und Reiter verschwanden samt der Beute in einer Staubwolke.

Jakob lief zu seiner Freundin: „Alles klar?“

Das Mädchen klopfte sich den Dreck aus dem Kleid: „Ich bin noch ganz. Zum Abt, los!“

Richbod staunte nicht schlecht. Noch nie hatte es jemand gewagt, einen Gottesdienst in seiner Kirche zu stören. Aber Jakob sagte nur vier Worte: „Einbruch in die Sakristei!“

Augenblicklich schlug der Abt Alarm. Minuten später wimmelte es in der Klosteranlage von Männern, die den Dieb jagten. Die Wachen verschlossen die Tore, aber es war zu spät. Es wurde weder eine Spur vom Reiter noch von seiner Beute gefunden: mit Gold und Edelsteinen verzierte Schalen, Kelche und Kruzifixe. Auch Angilbert schien verschwunden.

Richbod bat die drei Kinder zu sich und ließ sie ausführlich zu Wort kommen.

„Der Mönch ohne Gesicht? Gott steh uns bei“, sagte der Abt entsetzt. „Wer außer euch weiß davon, dass dieser Dieb unser Kloster heimgesucht hat?“

„Niemand“, erwiderte Jakob überzeugt. „Außer seinem Komplizen natürlich.“

Der Abt begann, im Raum auf und ab zu gehen. Dann wandte er sich an den Novizen: „Dennoch mussten wir dich bestrafen, Benedictus, als du in der Nacht fortliefst.“ Richbods Stimme war wieder gefasst und streng. „Dein ungestümes wie ungebührliches Verhalten ließ uns keine Wahl. In Zukunft hast du dich zu mäßigen. *Carpe diem*, nutze den Tag, aber nutze ihn in Einklang mit Gott und seinen Gesetzen.“

Der Junge blickte zu Boden. Er war erfüllt von Demut, aber auch von Stolz.

„Geht nun. Ich danke euch. Und überlasst die Suche nach den Tätern den Erwachsenen.“

Benni, Jakob und Anna wollten sich gerade zurückziehen, als zwei Mönche den Sacratarius hereinbrachten.

Als dieser die Kinder sah, kniff er die Lippen zusammen und schaute sie grimmig an.

„Bruder Angilbert, wir haben überall nach dir gesucht“, begrüßte ihn der Abt kühl.

„Entschuldigt“, erwiderte der Sacratarius unterwürfig. „Ich habe Magenschmerzen. Deshalb war ich im Heilkräutergarten, um dort ein Mittel für einen lindernden Trank zu finden.“

Die Kinder warfen sich vielsagende Blicke zu. Sie hielten sich unauffällig im Hintergrund.

„So? Das lässt sich überprüfen“, sprach Richbod.

„Überprüfen?“ Angilberts Stirn lag in Falten. „Hegt Ihr etwa Zweifel an meiner Aussage?“

Der Abt lächelte hintersinnig: „Durchaus, Bruder. Und jetzt geh ins Dormitorium und verweile dort, bis wir dich rufen. Die übrigen Mönche und ich werden uns in den Kapitelsaal zur Beratung zurückziehen. Du weißt ja: Tu alles mit Rat, dann brauchst du nach der Tat nichts zu bereuen.“

„Hat mich dieses Pack in Verruf gebracht?“, brauste der Sacratarius auf und deutete auf die drei Freunde und den Hund. Felix begann zu knurren.

„Schweig!“, herrschte Richbod den Glaubensbruder an. „Geh ins Dormitorium! *Stante pede!*“

„Stante was?“, fragte Anna leise.

„*Stante pede* heißt sofort“, gab Benni ebenso leise zurück.

„Darf ich wenigstens noch erfahren, was vorgefallen ist?“, ließ sich noch einmal Angilbert vernehmen.

„Übe dich in Geduld. Hinaus. Für euch Kinder gilt dasselbe.“

Die Freunde rannten aus dem Gotteshaus. Sie versteckten sich hinter einer Säule und sahen, wie Angilbert den Weg zum Schlafgemach einschlug. Er

wurde vom feisten Bruder Udalrich begleitet. Die beiden sprachen kein Wort miteinander.

„Meint ihr, Angilbert versucht zu türmen?“, fragte Anna.

„Gut möglich. Ich glaube nicht, dass der dicke Udalrich ihn aufhalten könnte“, meinte Jakob respektlos und grinste.

„Wir sollten hier vor dem Eingang bleiben“, schlug Benni vor. Die anderen waren einverstanden.

Eine Stunde verging, ohne dass sich etwas ereignete. Dann preschte ein berittener Bote heran. Als er die Kinder vor dem Dormitorium erblickte, zügelte er sein Pferd und fragte sie: „Wisst ihr, wo ich einen Mönch namens Angilbert finde? Ich habe eine Nachricht für ihn." Der Reiter wedelte mit einem braunen, versiegelten Schreiben.

Die Freunde sahen sich überrascht an. Benni sagte schließlich: „Bruder Angilbert ist im Dormitorium gleich hier oben." Er deutete auf das erste Stockwerk.

„Im Schlafraum um diese Zeit?" Der Bote schüttelte den Kopf. „Mönch müsste man sein." Dann lief er hinauf.

Kaum war der Reiter verschwunden, meinte Jakob: „Ich wüsste ja nur zu gern, was in diesem Schreiben steht."

„Bestimmt ist es etwas Wichtiges. Angilbert wird den Brief sicherlich irgendwo verstecken", argwöhnte Anna.

„Sollen wir nicht mal nachschauen?", wisperte Benni unternehmungslustig.

„Du willst dich hochschleichen?", fragte Jakob.

„Klar, du und ich, wir gehen!", schlug der Novize vor. „Anna kann unmöglich mit ins Dormitorium."

Das Mädchen nickte: „Schon gut. Felix und ich

warten hier." Sie strich dem kleinen Hund über den Kopf.

Auf leisen Sohlen pirschten Jakob und Benni in den ersten Stock und spähten in das Schlafgemach. Angilbert saß auf seiner Binsenmatte und hatte die Hände zum Gebet gefaltet. Vom braunen Schreiben war nichts zu sehen. Bruder Udalrich starrte aus dem Fenster. Es herrschte eine trügerische Stille.

Jakob sah Benni fragend an. Der Novize machte ein Zeichen, dass sie wieder hinabgehen sollten. Jakob nickte. Er wandte sich zum Gehen. Dabei klimperten die Münzen in seinem Geldbeutel.

Mit einem Satz war Angilbert an der Tür. Dort erwischte er die Jungen. „Ihr schon wieder! Habt ihr mir nicht schon genug Ärger eingebracht?" Er zog Benni am Ohr.

Nun kam der dicke Udalrich hinterher. Er schnappte sich Jakob und meinte fast fröhlich: „Ah, mein gänzlich missratener Schüler. Es wird Zeit, dir nicht nur Vokabeln einzubläuen, sondern auch gutes Benehmen. Dazu gehört zweifellos nicht das Herumschleichen in fremden Gemächern." Er gab ihm eine schallende Ohrfeige.

„Haltet ein!", flehte Jakob. Auch Benni begann zu jammern. Als Antwort verdrehte der Sacratarius das

Ohr des Jungen noch weiter. Es nahm die Farbe einer reifen Erdbeere an. „Dich will ich lehren, falsche Verdächtigungen über mich zu verbreiten!“, brüllte Angilbert. „Damit du es dir merkst: Ich habe mit dem Mönch ohne Gesicht nichts zu tun! Ich war beim Gottesdienst, als es passierte. Meine Mitbrüder werden zu dem Schluss kommen, dass ich unschuldig bin.“

„Aber Ihr habt die Tür zur Sakristei offen gelassen!“, begehrte der Novize auf.

„Na und?“, lachte der Mönch. „Vielleicht habe ich vergessen, sie abzuschließen. Das besagt nichts!“

Die Schmerzen an Bennis Ohr wurden unerträglich.

In seiner Not trat er dem Sacratarius vors Schienbein. Der schrie auf und ließ den Jungen los. Auch Jakob gelang es, sich von Udalrich loszureißen. Zusammen flitzten sie die Treppe hinab. Die Mönche blieben am Absatz stehen und riefen ihnen Verwünschungen hinterher.

Außer Atem gelangten Jakob und Benni zu Anna. „Und?", fragte das Mädchen mit großen Augen.

„Er hat mir das Ohr fast abgerissen", jammerte Benni.

Jakob rieb seine glühende Wange: „Ich hab auch was abgekriegt. Aber der Besuch hat sich gelohnt. Denn Angilbert hat sich endgültig verraten. Das wird den Abt interessieren."

Wodurch hat sich Angilbert verraten?

Jagdzeit auf dem Markt

Jakob rannte Richtung Kapitelsaal, die Freunde im Schlepptau.

„Nun sag schon, lass mich nicht blöd sterben!“, rief Benni mit lauter Stimme. „Was hat denn Angilbert schon groß gesagt? Er hat sich doch eigentlich nur verteidigt!“

„Genau, raus mit der Sprache!“, meinte auch Anna aufgebracht.

„Richtig, Angilbert hat sich verteidigt. Jedoch nicht gerade überzeugend. Er hat nämlich vom Mönch ohne Gesicht gesprochen. Aber von dem war vorher nie die Rede! Gesehen haben kann Angilbert ihn auch nicht, denn er war ja beim Gottesdienst.“

Kurz darauf waren der Abt und die anderen Mönche unterrichtet. Eine Abordnung stürmte Richtung Schlafraum, um Angilbert den Wachen zu übergeben.

Doch der Sacratarius wurde durch das Geschrei, das rasch näher kam, gewarnt.

Den heranstürmenden Glaubensbrüdern bot sich ein merkwürdiges Schauspiel: Udalrich flog wie ein dicker Puter aus dem ersten Stock und landete weich inmitten einer Fuhre Mist, die gerade unter dem Fenster entlanggekarrt wurde.

Für einen Moment tauchte Angilbert im Rahmen auf. „*Mea culpa*, meine Schuld", rief er dem schimpfenden Udalrich zu. „Aber das hat richtig Spaß gemacht!" Dann verschwand Angilbert.

Eine Minute später erreichte Benni als Erster den Schlafraum.

„Niemand mehr da!“, keuchte er. „Angilbert ist getürmt, das gibt es doch gar nicht!“

„Hier ist er lang!“, brüllte eine helle Stimme. Die Verfolger blickten auf den Weg hinunter. Dort stand Udalrich, über und über mit Mist bekleckert. Der dicke Mönch deutete zum Klosterausgang. „Ich habe Angilbert in diese Richtung fliehen sehen.“

Jakob biss sich auf die Lippen, um nicht laut herauszuprusten. Rasch lief er mit den anderen wieder auf die Straße. Eine kleine Menschentraube hatte sich um Udalrich versammelt.

„Angilbert hat mich ans Fenster gelockt und dann hinausgestoßen“, beschwerte sich Udalrich. „Ist das nicht eine Gemeinheit?“

Einige der Umherstehenden nickten. Die meisten aber rümpften die Nasen und lächelten. Unter diesen war auch der Spaßmacher Liafwin. Sein Lachen klang wie das Meckern einer Ziege, als er dichtete:

„Es kam einmal im hohen Bogen
ein dickes Mönchlein angeflogen.
Und landete, wie ihr wohl wisst,
in einer Fuhre altem Mist!“

Udalrich schien den Spott gar nicht zu hören. Würdevoll, den Kopf trotzig erhoben, stapfte er zum Badehaus.

Unterdessen verfolgten viele Mönche und Wachen, drei Kinder und ein Hund den fliehenden Sacratarius. Angilbert kam es gelegen, dass in der Klosteranlage dichtes Gedränge herrschte. Die Wege und Pfade waren voller Menschen, Tiere und Karren und gesäumt von Ständen. Für eine Person war es leichter, durch dieses Chaos hindurchzuschlüpfen, als für die Schar der Verfolger. Ganz vorne rannten die Kinder und der Hund.

„Da ist er!“, brüllte Benni und deutete auf einen Stand mit feinem Tuch.

Der Sacratarius tauchte zwischen den Stoffen unter. Er packte eine Rolle mit Seide und schleuderte sie auf die Kinder, die ins Stolpern gerieten. Dann riss der Mönch einen voll beladenen Tisch um. Die edlen Stoffe ergossen sich vor die Füße seiner Verfolger. Die Kinder kletterten über die Ware, wühlten sich hindurch. Der Kaufmann raufte sich verzweifelt die Haare. Sekunden später trampelte der Tross der Mönche und Wachen über das schöne Tuch.

„Nein!“ Der Händler schien nun dem Wahnsinn nahe.

Keiner hatte Mitleid mit ihm. Schon gar nicht Angilbert. Der Mönch hatte sich einen leichten Vorsprung erkämpft. Lachend sauste er weiter. Da rutschte er in einer Pfütze mit Seifenlauge aus und prallte gegen einen Stand, auf dem Honigtöpfe aufgebaut waren. Sie schepperten zu Boden, klebrige Süße machte sich breit. Anna, Jakob, Benni und Felix setzten mit weiten Sprüngen über die Lachen. Nicht so Richbod und seine Männer. Sie stapften mitten in den Honig. Manche verloren ihre Schuhe, blieben stehen, bückten sich, wurden von den Nachfolgenden gerammt, fielen in den Dreck, schimpften.

Angilbert flitzte unterdessen weiter.

„Haltet ihn, er ist ein Dieb!“, brüllte Richbod.

Doch leider kam niemand im Volk auf die Idee, dass damit ein Mönch, ein ehrfürchtiger Diener Gottes, gemeint sein könnte. So konnte sich der Fliehende mehr oder weniger unbehelligt seinen Weg durch die Menge bahnen. Angilbert erreichte die Obstgärten, wo gerade die Äpfel geerntet wurden. Der Mönch riss einen der schweren Körbe um und schüttete die Früchte mitten auf den Weg. Prompt rutschte Benni auf einem Apfel aus und fiel hin. Jakob half ihm auf und weiter ging die Jagd. Nur noch zehn Meter trennten die Kinder vom Sacratarius. Der bückte sich in diesem Moment, packte einen dicken Apfel und warf ihn auf seine Gegner. Anna bückte sich im letzten Moment und hörte hinter sich einen Schrei. Die Frucht war genau auf der Nase des heranstürmenden Richbod gelandet.

„Jetzt reicht's!", schrie Benni wild entschlossen. „Auge um Auge, Zahn um Zahn – und Apfel um Apfel!" Der Novize griff mit beiden Händen in einen Weidenkorb und feuerte eine Frucht nach der anderen auf Angilbert. Er traf ihn gleich mehrfach.

Aber der Mönch schlug jetzt Haken und bewies dabei eine erstaunliche Geschicklichkeit. Wie bei einem Slalom rannte er durch die Bäume, dann über den Friedhof, er trampelte durch den Gemüsegarten und gelangte schließlich zu den Geflügelställen. Hühner, Enten und Gänse stoben in alle Richtungen, als der Mönch durch sie hindurchsprintete. Federn flogen, es erhob sich ein fürchterliches Geschnatter und Gegacker.

„Nicht zu fassen, wie schnell der ist!“, rief Anna anerkennend. Felix rannte hechelnd neben ihr her.

Auch der Trupp der Mönche und Wachen walzte sich nun durch die Stallungen. An manchen mit Honig verschmierten Schuhen klebten plötzlich Federn.

Angilbert lief inzwischen wieder in Richtung der dicht gedrängten Marktstände. Blitzschnell öffnete er das Gatter eines dösenden Viehhändlers, der Schafe feilbot. Die Schafe blökten, bockten, sprangen. Sie stürmten in Panik durch das Gedränge. Zelte stürzten um, Stände krachten zusammen, Holz splitterte, Tontöpfe klirrten, Fässer kippten, das Geschrei der Marktweiber und Händler war ohrenbetäubend. Doch die Kinder ließen sich nicht abschütteln. Sie sahen, wie der Fliehende das rechteckige Gebäude mit dem Wein- und Bierkeller der Mönche erreichte. Dabei verlor er etwas Braunes.

„Da – der Brief!“, schrie Benni. Er lief hin, bückte sich und steckte das Schriftstück in seine Kutte.

Der Sacratarius war in den Gewölben verschwunden. Als die Kinder hereinkamen, herrschte dort eine fast feierliche Stille, verglichen mit dem Getöse draußen. Nur Sekunden später war es damit vorbei, denn Richbod und seine Männer platzten herein.

„Wo ist der gottlose Kerl?“, knirschte der Abt wütend und außer Atem. „Weit kann er nicht sein. Denn es gibt hier nur einen Zugang. Seht in den leeren Fässern nach!"

Und so wurde ein Wein- und Biergefäß nach dem anderen untersucht. Felix beteiligte sich an der Suche, die Nase dicht auf den Boden gepresst. Plötzlich schlug er vor einem großen Fass an. „Hierher, Felix hat eine Spur!", rief Anna aufgeregt.

Richbod eilte herbei. Das Fass wurde geöffnet – und Angilberts kahler Kopf tauchte auf.

„Nehmt ihn fest!", befahl der Abt. Dann beugte er sich zu dem Hund hinab: „Gut gemacht, mein Kleiner. *Valde bona*!"

Während der Sacratarius abgeführt wurde, zog Benni den geheimnisvollen Brief aus seiner Kutte und öffnete ihn. Die Freunde schauten dem Novizen über die Schulter.

„Was soll denn das heißen?“, rätselte Jakob.

„Eine Geheimschrift“, ahnte Anna. „Bestimmt eine Botschaft vom Mönch ohne Gesicht. Nachdem er die Schätze der Sakristei geraubt hatte, schickte er seinem Komplizen diese Nachricht. Vielleicht enthält sie einen Hinweis, wo sie sich treffen wollen.“

Benni und Jakob murmelten die Buchstaben immer wieder vor sich hin. „Du sagst es“, triumphierte Benni plötzlich. „Ich hab das Rätsel gelöst. Ich weiß, was die Buchstaben bedeuten könnten!“

?

Wo wollen sich die Täter treffen?

Am Galgenberg

„Nicht schlecht. Der Mönch ohne Gesicht hat einfach die Vokale weggelassen! *Treffpunkt Galgenberg heute Mitternacht* hat er geschrieben“, übersetzte der Novize. „Er hat wohl dem Boten nicht getraut und deshalb eine Geheimschrift verwendet.“

„Der Galgenberg, wie unheimlich“, meinte Jakob. „Ob sie sich da treffen wollen, um die Beute zu teilen? Vielleicht ist ja dort auch der Schatz versteckt!“

„Möglich. Oder der Mönch ohne Gesicht hat sich da verkrochen. Das sollten wir auf jeden Fall überprüfen“, schlug Anna vor.

Die Jungen starrten sie entgeistert an: „Du willst doch nicht etwa dahin? Niemand wagt sich zum Galgenberg!“

„Warum nicht? Ich jedenfalls habe keine Angst!“, sagte Anna entschlossen.

„Wir müssen aber den Abt informieren!“, warf Benni ein.

„Ach was. Das schaffen wir schon allein. Und wenn wir mit unserer Vermutung falsch liegen, kann uns auch niemand auslachen“, verteidigte Anna ihre Idee.

Schließlich stimmten Jakob und Benni zu.

„Ich werde heute Abend eine Strohpuppe auf mein Lager im Dormitorium legen, damit niemand mein Ausbüxen bemerkt“, überlegte der Novize. „Aber zur Mette muss ich unbedingt zurück sein!“

Fahl hing der Vollmond am Himmel. Er strahlte ein kaltes, abweisendes Weiß aus, nicht das Gelb, das so oft besungen wurde. Kühl war auch der Wind. Die drei Kinder rückten unwillkürlich zusammen, als sie kurz vor Mitternacht auf dem Pfad Richtung Galgenberg unterwegs waren. Rechts und links säumte ein dichter Wald den Weg. Er wirkte wie eine schwarze, undurchdringliche Wand. Fledermäuse huschten immer wieder über die Köpfe der Wanderer hinweg. Irgendwo – viel zu nah für Jakobs Geschmack – heulte ein Wolf.

Die drei Freunde marschierten schweigend durch

die Nacht. Sogar Felix verhielt sich völlig ruhig. Der Weg führte stetig bergauf. Der Galgenberg lag in der Nähe von Annas Dorf. Schroff erhob er sich aus dem Wald. Ganz oben, weithin sichtbar, ragte der Galgen in den Himmel. Im Mondlicht wirkte er wie der Schatten des Todes. Der Weg auf den Berg war nachts besonders gefährlich. Überall lauerten tiefe Schluchten.

Der Wind nahm zu. Wolken jagten über den Himmel, verdeckten immer öfter den Mond.

Anna räusperte sich und wisperte: „Das Wetter schlägt um. Es wird bald ein Gewitter geben."

Die Jungen nickten. Das hatte ihnen gerade noch gefehlt. Ihre Schritte wurden schwerer. Es kostete sie Überwindung, überhaupt noch einen Fuß vor den anderen zu setzen. Sie näherten sich der Hinrichtungsstätte. Noch hundert Meter, noch fünfzig. Dann waren die Kinder da. Drohend schraubte sich der Galgen vor ihnen in die Höhe. Kalte Sturmböen zerrten an ihren Kleidern. Herbstlaub wirbelte durch die Luft. Ein Grollen, ein Krachen – es begann zu donnern. Felix sprang in Annas Arme.

„Und jetzt?“, fragte Jakob. Er zitterte.

Benni deutete auf einen Felsblock: „Dahinter finden wir vielleicht ein wenig Schutz.“ Die vier Gefährten kauerten sich hin und warteten.

Eine halbe Stunde verging. Dann fielen die ersten Tropfen. Die Kinder hüllten sich in ihre Umhänge, drängten sich dicht aneinander. Plötzlich spitzte Felix die Ohren und begann, leise zu knurren. Die Kinder lauschten angestrengt. Ja, unverkennbar: Hufgetrappel!

Die Freunde lugten über den Felsen. Nichts, nur Schwärze. Da zerriss ein Blitz die Finsternis. Für Sekunden sahen die Gefährten einen Reiter auf einem mächtigen Pferd. Der Mönch ohne Gesicht! Ein wütender Donner folgte.

Im Windschatten eines großen Steins machte der Reiter eine Laterne an. Das Licht tanzte am Fels entlang und die Freunde ließen sich auf den Boden fallen. Anna drückte Felix dicht an sich. Zu dicht, wie der Hund meinte. Er riss sich los, rannte aus dem Versteck.

„He, wen haben wir denn da?“, erklang eine Stimme, die den Kindern irgendwie bekannt vorkam. Anna vergaß jede Vorsicht, spähte erneut über den Felsen und sah, wie sich der Mönch den kleinen Hund schnappte und gegen das Licht hielt. „Dich kenne ich doch!“, rief der Mönch, dessen Gesicht von der Kapuze verdeckt war. „Du bist doch die Töle von diesem Bauernmädchen.“ Er leuchtete die Umgebung ab. „Kommt heraus! Oder ich schneide dem Vieh die

Gurgel durch!" Der Mönch hatte den strampelnden Hund im Genick gepackt und hielt ihn weit von sich.

Anna gehorchte als Erste. Dann kamen auch die Jungen aus der Deckung.

„Zuerst ein Köter", lachte der Mönch, „und dann drei Dummköpfe." Er stellte die Laterne ab und zog sein Schwert. „Aber immerhin habt ihr mein Versteck gefunden. Hier hat mich bislang niemand gesucht, weil alle Angst vor diesem Ort des Todes haben. Doch nun werde ich diese gastliche Stelle verlassen, die wunderbaren Schätze der Sakristei aus ihrem Versteck holen und mich verabschieden müssen. Mein Freund Angilbert ist ja verhindert, nachdem er sich schnappen ließ. Noch ein Dummkopf. Nun, so muss ich nicht mit ihm teilen."

Benni nahm all seinen Mut zusammen: „Wer bist du, dass du es wagst, die Schätze unseres Klosters zu stehlen?"

„Entschuldigt", höhnte der Mönch. „Ich habe mich noch gar nicht vorgestellt." Er zog die Kapuze ab.

Die Kinder fuhren zurück – es war Liafwin, der Spaßmacher!

„Tja, gar nicht komisch, wie? Genauso wie das Wetter", lachte Liafwin hämisch. Inzwischen goss es in Strömen. „Die Rollen des Spaßmachers oder

Mönches sind ideal. Man kommt überall hin, wird überall gern gesehen, ist gänzlich unverdächtig. Ideal ist es natürlich, wenn man dann noch ein gieriges Mönchlein wie Angilbert zum Freund hat, der einem die Türen öffnet. Aber ihr werdet verstehen, dass ich es jetzt ein wenig eilig habe." Er packte den Griff des Schwertes fester und zielte auf den Hals des Hundes. „Ich denke, ich fange mit diesem hässlichen Vieh an."

Hässlich? Felix spannte seinen drahtigen Körper wie eine Feder an und entwischte dem harten Griff des Spaßmachers. Dann sprang er den verdutzten Liafwin an und biss ihm tief in die Hand. Der Spaßmacher brüllte auf und ließ die Waffe fallen. Jetzt stürzten sich auch die Kinder auf den falschen Mönch, der das Gleichgewicht verlor und hinfiel. Der kräftige Benni sprang auf Liafwins Brustkorb, Jakob umklammerte seine Beine und Anna stülpte die Kapuze so über das Gesicht des Spaßmachers, dass dieser nichts mehr sah und kaum noch Luft bekam. Das Mädchen zog aus ihrem Kittel einen Kälberstrick, mit dem sie Liafwin fesselten. Er zappelte wie ein Fisch im Netz. Die Gefährten schleiften den Dieb zu dem Felsen und lehnten ihn mit dem Rücken dagegen.

„Tja, hässlich darf man den süßen Felix eben nicht nennen!", keuchte Anna erschöpft, aber zufrieden. Sie drückte ihm einen dicken Kuss aufs nasse Fell.

„Jetzt müssen wir nur noch das Diebesgut finden!", rief Jakob. „Bloß, wo sollen wir mit der Suche beginnen?"

Da ließ Liafwin ein irres Lachen ertönen und dichtete:

„Eure törichte Hatz
führt doch nie zum Schatz!
Denn ihr seid kleine Kinder
und keine großen Finder!"

Benni wurde zornig: „Das wollen wir erst einmal sehen! Kommt, wir durchsuchen den elenden Kerl."

In der Tasche seiner Kutte stießen die Freunde auf eine Karte. Sie hielten sie in das flackernde Licht.

„Mensch, das ist das Dorf!", rief Anna. „Da ist der Weiher, da der Bach, dort die alte Römerstraße. Und hier, hier ist unser Hof!" Sie wandte sich an Liafwin: „Hast du den Schatz etwa im Dorf versteckt? Raus mit der Sprache!"

Doch der Spaßmacher spottete nur weiter:

„Zu gut ist mein Versteck,
gebt's auf, seid so nett!"

Jakob ballte die Fäuste: „Sollen wir ihn knebeln?“

„Lass ihn doch schnattern!“, winkte Benni ab. „Die Scherze werden ihm schon vergehen, wenn er vor dem Abt steht. Wir binden Liafwin auf den Rappen und bringen ihn ins Kloster.“

Mit vereinten Kräften wuchteten die Kinder den gefesselten Spaßmacher auf das Pferd und ließen den ungastlichen Ort, so schnell es ging, hinter sich. Die drei merkten jetzt, wie erschöpft und müde sie waren. Nur Liafwin dichtete weiter vor sich hin. Es klang fast fröhlich, als er sprach:

„Ein jeder liebt dies kühle Nass,
dabei ist's kein Bier vom Fass.
Um sich daran zu laben,
musste man einst tief graben.
Es ist so klar und auch so rein,
darin sollte mein Verstecke sein.
Doch findet's ihr nicht im Fluss,
auch der See bringt nur Verdruss!“

Anna hörte nachdenklich zu. Was meinte Liafwin? Redete er nur Unfug? Nein, das glaubte sie nicht, dafür war der Mönch ohne Gesicht zu durchtrieben. Aber auf was spielte er an? Ihr fiel der Lageplan vom Dorf ein. Dort, irgendwo dort, hatte der Dieb die Beute versteckt. Davon war Anna überzeugt. Nur wo? Das Mädchen murmelte die Worte nach, die der Spaßmacher gerade gesagt hatte. Wieder und wieder. Bis sie plötzlich einen Schrei ausstieß.

„Licht, schnell! Gebt mir die La-La-Laterne!", stammelte sie vor Aufregung. Die Freunde gehorchten irritiert. Im Schein der Laterne beugten sie sich über das Pergament. „Hier ist der Schatz versteckt!", meinte das Mädchen mit Überzeugung. Sie deutete auf eine Stelle des Plans.

? *Wo hat Liafwin die Schätze versteckt?*

Jedem das seine!

„Mit *kühlem Nass* meinte Liafwin das Wasser!“, erklärte Anna aufgeregt. „Mit *tief graben* sprach er den Brunnen an. Dort hat er die Beute versteckt. Seht, den Brunnen hat er auch auf seinem Plan eingezeichnet! Kein schlechtes Rätsel, aber nicht rätselhaft genug für uns!“ Sie tanzte lachend vor der Nase des gefesselten Diebes herum, der plötzlich finster dreinblickte.

„Aber im Wasser werden die schönen Bücher doch zerstört!“ Benni war entsetzt.

„Keine Sorge. Der Brunnen ist schon lange versandet.“

„Na, dann sollten wir einen kleinen Umweg machen!“, rief der Novize begeistert.

„Genau!“, stimmte Jakob zu. „Wir liefern nicht nur den Dieb, sondern auch seine Beute ab. Auf ins Dorf!“

Nach einer halben Stunde erreichte der seltsame Zug die ersten Höfe. Der kleine Ort lag in tiefem Schlaf. Unbemerkt erreichten die Kinder den Brunnen.

„Lasst mich an der Kette runter. Und gebt mir die Laterne mit“, meinte Anna. Sie setzte sich rittlings auf den Holzeimer. Vorsichtig drehten die Jungen an der Kurbel, die sich mit einem fürchterlichen Quietschen in Bewegung setzte. Langsam verschwand Anna in der Tiefe. Felix stand am Rand und winselte.

„Hoffentlich geht das gut", flüsterte Jakob.

„Vertraue in Gott", beruhigte ihn Benni.

Jakob grinste in der Dunkelheit: „Tu ich ja. Aber der Herr hat diese Kette nicht gefertigt. Sie ist völlig verrostet. Möge sie das Gewicht aushalten!"

„Sie wird, verlass dich drauf", gab Benni zurück.

„He, ich bin unten!", hallte Annas Stimme kurz darauf aus der modrigen Finsternis. Sie stieg vom Eimer. Der Untergrund war weich und feucht, gab bei jedem Schritt mit einem Schmatzen nach. Etwas huschte über die nackten Füße des Mädchens. Ratten! Anna schloss die Augen. Ruhig bleiben ... Sie hielt die Laterne hoch über ihren Kopf. Da, mehrere lose

Steine! Das Mädchen rüttelte daran, bis sie herunterfielen. Dann fasste Anna in das Loch. Ihre Finger erreichten etwas, das sich anfühlte wie eine Kiste. Plötzlich war da ein entsetzliches Kribbeln. Rasch zog sie den Arm zurück. Ein Strom von Asseln wimmelte auf ihm. Anna schrie auf und schüttelte sich.

Du schaffst das schon!, feuerte sich das Mädchen an und griff ein zweites Mal in das Loch, diesmal mit beiden Armen. Anna bekam die Kiste zu fassen und riss sie nach draußen. Der Fund war so schwer, dass er ihr aus den Händen glitt. Die Kiste polterte auf den Boden, der Deckel schnappte auf und Anna war geblendet: Mit Gold, Silber und Edelsteinen geschmückte Schalen, Kelche, Kruzifixe, Monstranzen und Bücher funkelten vor ihr in einmaliger Pracht und Schönheit. Der Schatz des Klosters!

Am nächsten Morgen herrschte im Kloster Festtagsstimmung. Sogar die Schule fiel aus. Alle fieberten der Ankunft von Karl dem Großen entgegen. Jeden Moment musste der Kaiser eintreffen. Und mit ihm sein großes Gefolge aus Kriegern, Klerikern, Schreibern, Dienern, Knechten und Mägden.

Der Abt stand allein in der Sakristei und betete still. Alle Schätze waren an ihrem Platz. Richbod dankte dem Herrn für diese göttliche Fügung, aber auch für den außerordentlichen Mut der Kinder. Er beschloss, entgegen der strengen Regeln des Klosters den Novizen Benedictus nicht für seinen erneuten nächtlichen Ausflug zu bestrafen.

Auch Theodulf, der Bibliothekar, war glücklich. Er lief aufgeregt zwischen der Bibliothek und dem Skriptorium auf und ab und kontrollierte immer wieder seine Schriften. Ein paar besonders schöne, reich verzierte Bücher in der Minuskelschrift hatte er so gestellt, dass sie der Kaiser gleich sehen musste, wenn er hereinkam. Da Karl der Große ein Mann war, der Bildung viel Bedeutung beimaß, würde er sicher Theodulfs Reich besuchen. Versonnen hielt Theodulf an einem Schreibpult im Skriptorium inne. Darauf ruhte eine herrliche Schrift, ein Evangeliar. Ganz leicht, fast zärtlich fuhr Theodulf über den Einband, auf dem prächtige Metallbeschläge glänzten. Ja, der Kaiser konnte kommen!

In der Tür zur äußeren Schule lehnte der Lehrer Udalrich und hielt seinen beachtlichen Bauch in die milde Herbstsonne, die dem nächtlichen Gewitter gefolgt war. Er war froh, dass er sich heute einmal nicht mit den widerspenstigen Schülern herumschlagen musste. Ausgerechnet Jakob war also einer der Helden, dachte der Lehrer. Das machte Udalrich ein wenig stolz. Offenbar war doch etwas von dem brillanten Unterricht, an dem er den Jungen teilhaben ließ, hängen geblieben. Ein kluges Kerlchen war dieser Jakob, das hatte der Lehrer ja schon immer gewusst. Nur wenn das Gespräch auf die großen römischen Dichter kam, sollte der Junge am besten immer schweigen. Ja, Udalrich war mit sich und der Welt zufrieden. Außerdem freute er sich auf das Festmahl, das zu Karls Ehren ausgerichtet wurde. Die Köche gaben ihr Bestes, davon durfte man getrost ausgehen. Udalrich klopfte in freudiger Erwartung auf seinen Bauch.

Die drei Freunde saßen auf einer Anhöhe beim Klostereingang. Immer wieder spähten sie den gewundenen Weg hinunter, auf dem Karl der Große kommen musste.

„Na, wie sehe ich aus?“, fragte Anna zum wiederholten Male. Sie drehte sich in neuen Kleidern und Schuhen vor den Jungen. In ihrem Haar funkelte eine silberne Spange. Felix sprang aufgeregt um sie herum.

„Wunderbar, wie eine Prinzessin!“, lobten Jakob und Benni. Sie hatten dem Mädchen ihre Anteile an der Belohnung, die auf die Ergreifung des Mönchs ohne Gesicht ausgesetzt gewesen war, geschenkt.

Benni hatte sich als Novize ohnehin zum Verzicht auf irdische Güter verpflichtet. Und Jakob hatte für sich entschieden, dass die Tochter eines armen Bauern das Geld eher nötig hatte als der begüterte Sohn eines Adligen.

„*Et cuncta erant bona!*“, meinte Benni.

„Wie bitte?“, fragte Jakob.

„Und alles war gut!“, übersetzte der Freund. Benni lachte schallend: „Du wirst es nie lernen, du bist wirklich ein hoffnungsloser Fall!“

„*Suum cuique!*“, konterte Jakob elegant. Jedem das seine. Er sprang auf: „Denn ich hab wenigstens Augen im Kopf. Schaut: Da kommt der Kaiser!“

Lösungen

Der Raub
Die Scherben lagen vor dem Fenster. Das heißt, dass das Fenster von innen eingeschlagen wurde.

Drei unter Verdacht
Die Aussage der Kräuterfrau barg einen interessanten Hinweis: Der Mönch, der die Frau fast über den Haufen ritt, trug eine Kette. Mönchen war jedoch das Tragen von Schmuck untersagt. Es musste sich also um einen falschen Mönch handeln, dem die Kräuterfrau begegnet war.

Nachts auf dem Friedhof

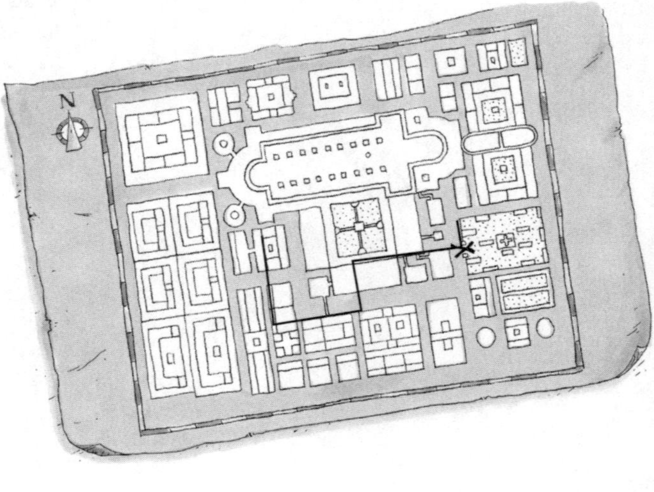

Brennende Augen
Auf dem Pergament stand: Der Schatz der Sakristei.

Rätselhafte Zeichen
Zur Prim, etwa gegen sieben Uhr – nach der Zeitrechnung der Mönche. Angilbert zeigte eine Eins und das Zeichen für Beten.

Auf der Lauer
Angilbert hat die Sakristei nicht wieder verschlossen.

Eine geheimnisvolle Botschaft
Angilbert bestand darauf, dass er mit dem Mönch ohne Gesicht nichts zu tun hatte. Dass es sich bei dem Täter um diesen falschen Mönch handelte, hatte aber bisher niemand in Angilberts Beisein erwähnt.

Jagdzeit auf dem Markt
Die Nachricht lautet: Treffpunkt Galgenberg heute Mitternacht.

Nachts am Galgenberg
Liafwin spielte mit seinen Versen auf den Brunnen an, der auf dem Plan eingezeichnet ist.

Glossar

Abt: Vorsteher, Leiter einer Gemeinschaft von Mönchen

Arithmetik (gr.): Zahlenlehre, Teilgebiet der Mathematik

Bänkelsänger: Sänger, der vorwiegend auf Jahrmärkten auftrat und zu seinen Liedern eine Abfolge von Bildern zeigte

Cicero: bedeutender römischer Redner, Dichter und Staatsmann, lebte von 106 bis 46 v. Chr.

Dormitorium: Schlafsaal der Mönche

Evangeliar(evangelion = gute Kunde): liturgisches Buch mit dem vollständigen Text der vier Evangelien (Markus, Matthäus, Lukas, Johannes); früher kostbar ausgestattet

Hausmeier: der oberste Hof- und Staatsbeamte des Fränkischen Reichs zur Zeit der Merowinger

kanonisches Recht: Kirchenrecht, das das Leben in der kirchlichen Gemeinde regelt

Kleriker: Geistlicher

Komplet: Nachtgebet, je nach Jahreszeit zwischen 18 und 20.30 Uhr

Konvent: Versammlung der stimmberechtigten Mitglieder eines Klosters

Kreuzgang: Wandelgang um einen viereckigen Klosterhof

Latrine: Toilette, Senkgrube

liturgisch, Liturgie: Kultfeier, der amtliche Gottesdienst der christlichen Kirche

Mette: Nachtgottesdienst, gegen zwei Uhr morgens

Mi*nuskelschrift:* Schrift, die im Unterschied zur Majuskelschrift Ober- und Unterlängen aufweist

Monstranz: liturgisches Schaugefäß der katholischen Kirche, in dem die geweihte Hostie aufbewahrt wird

Novize: Kandidat für die Aufnahme in ein Kloster. Das Noviziat dauert ein bis zwei Jahre.

Ovid: berühmter römischer Dichter, lebte von 43 v. Chr. bis etwa 18 n. Chr.

Paramente: liturgische Gewänder, kirchliche Textilien aller Art

Pergament: Beschreibstoff, bevor das Papier aufkam, hergestellt aus ungegerbten, geschabten und geölten Tierhäuten

Refektorium: Speisesaal der Mönche

Sacratarius: Mönch, der für den Unterhalt und die Ausstattung der Kirche und der Sakristei verantwortlich war

Sakristei: Nebenraum der Kirche zur Vorbereitung der Gottesdienste

Skriptorium: Schreibstube

Vergil: römischer Dichter, lebte von 70 bis 19 v. Chr., gilt als der beste Dichter der römischen Antike

Zeittafel

687–714	Pippin II. ist Hausmeier am Hof der Merowinger.
714–741	Karl Martell, unehelicher Sohn Pippins II., wird nach dessen Tod Hausmeier.
737	Karl Martell regiert ohne merowingischen König.
747–768	Nach dem Eintritt seines Bruders in ein Kloster wird Pippin III., Sohn Karl Martells, Alleinherrscher des Frankenreichs (751). Er wird vom Papst als König bestätigt.
ab 768	Karl der Große regiert nach dem Tode seines Vaters Pippin III. und seines Bruders Karlmann (†771) das Frankenreich.
772–804	Sachsenkriege
773–774	Eroberung des Langobardenreichs
789–812	Slawenkriege: Die Wilzen, Sorben und Tschechen werden tributpflichtig gemacht.

791-796	Unterwerfung der Awaren: Das Gebiet von der Odermündung bis zur Adria gehört nun zum Reich Karls des Großen.
795	Errichtung der spanischen Mark
798	Karl der Große ordnet in der Admonitio Generalis an, dass die Geistlichen in Klöstern oder Bischofssitzen Leseschulen für die Jungen einrichten.
25.12.800	Kaiserkrönung Karls des Großen durch Papst Leo III.
812	Vertrag von Aachen: Karl der Große wird vom oströmischen Kaiser Michael I. gegen Herausgabe Venetiens, Istriens und Dalmatiens als Kaiser anerkannt.
28.01.814	Karl der Große stirbt in Aachen und wird in der Pfalzkapelle beigesetzt.

Karl der Große und seine Zeit

Die Reformen

Karl der Große war ein Mann der Bildung und ein Reformer. Er verfügte über hervorragende Sprachkenntnisse (darunter Latein). Karl der Große erkannte die Wichtigkeit von Bildung und Kultur und gab diesen Dingen, zumindest in späteren Jahren, mehr Gewicht als dem Schwert. Es ist fast unglaublich, welche Flut von Gesetzen und Erlässen auf Karl zurückgeht:

Karl sorgte dafür, dass Schulen eingeführt wurden, um den Adel zu bilden (fränkische Bildungsreform). Er selbst blieb sein Leben lang so wissensdurstig, dass er noch im hohen Alter schreiben lernte. Karl ließ Stammesrechte aufzeichnen und sanierte das völlig chaotische Geldwesen (verbindliche Einführung des Silberdenars im gesamten Reich). Er reformierte durch die Einführung der karolingischen Minuskelschrift die lateinische Schriftsprache. Karl überarbeitete auch das Heereswesen und das Gerichtswesen: Landgrafen mussten eine bestimmte Anzahl von Wehrpflichtigen stellen und bei Gericht wurden Schöffen eingeführt.

Das Regierungssystem

Um seine Ideen und Pläne umsetzen zu können, umgab sich Karl mit gebildeten Männern, einem Beraterforum, an seinem Hof (Palatium). Der Herrscher erweiterte die klassischen Hofämter aus der Merowingerzeit (Seneschalk, Kämmerer, Mundschenk, Stallgraf) um das des obersten Hofkapellans.

Ein Geistlicher war der einflussreichste Berater an Karls Hof: Alkuin von York. Dieser war auch der Verfasser der Lehrbücher, die an den klösterlichen Schulen wie der des heiligen Martin in Tours Verwendung fanden.

Ein weiterer wichtiger Mann an der Seite Karls war Einhard, sein Biograf. Einhard haben wir viele Informationen über Karl den Großen zu verdanken.

Die Aufgaben der Gelehrten bestanden vor allem darin, die Pläne Karls in Mustertexte umzusetzen, die an die Klöster verschickt wurden, die dieses Wissen weitergaben.

Um das immer größer werdende Reich überhaupt regieren zu können, führte Karl die Königsboten ein (missi dominici). Diese reisten meist zu zweit (ein geistlicher und ein weltlicher Vertreter) und setzten Anweisungen des Königs vor Ort durch.

Die Nachkommen

Karl war viermal verheiratet und hatte mindestens 18 Nachkommen. Die meisten seiner Kinder und Enkel durften an seinem Hof leben und genossen eine ausgezeichnete Erziehung. Ausnahme war der älteste Sohn Pippin der Bucklige, der nach einer missglückten Revolte in Klosterhaft saß.

Karl der Große erreichte ein für die damalige Zeit sehr hohes Alter, er lebte von 742 bis zum 28. Januar 814. Daher blieb es nicht aus, dass er einige seiner Kinder überlebte, darunter 810 die geliebte Tochter Rothrud. 811 starb auch Karl der Jüngere, der als Nachfolger auf dem Kaiserthron vorgesehen war. Es blieb nur noch Sohn Ludwig übrig, der als König Aquitanien regierte und dem man nicht allzu viel zutraute. 813 spürte Karl der Große offenbar sein Ende nahen. Ludwig wurde an den Aachener Hof geholt, wo ihn die von Karl einberufene Reichsversammlung als Kaiser bestätigte.

Nach seinem Tode wurde Karl der Große in der von ihm errichteten Aachener Pfalz beigesetzt – als erster und einziger Karolinger, was seine Ausnahmestellung unterstreicht.

Karls Nachfolger hatten es schwer, denn bereits zum Ende der Regierungszeit von Karl dem Großen hatte es in der Politik einen gewissen Stillstand gegeben. Militärische Aktionen hatten nur noch Verteidigungscharakter, einige Reformen waren im Ansatz stecken geblieben. Kein leichtes Erbe für Ludwig. Dieser geriet unter starken Einfluss des Papstes und erhielt den Beinamen der Fromme. Weder Ludwig noch einer seiner Nachfolger erreichten je das Format und den Einfluss von Karl dem Großen.

Warum wurde Karl „der Große" genannt?

Es waren nicht nur die Reformen und seine überaus erfolgreiche Regierungszeit, weshalb Karl „der Große" genannt wurde. Auch körperlich überragte er die meisten seiner Mitmenschen. Er war ein sehr guter

Krieger, der mehr als die Hälfte seines Lebens im Sattel bei Kämpfen verbrachte.

Karl der Große hatte das Glück, zu einem denkbar günstigen historischen Zeitpunkt geboren zu werden. Seine Vorfahren hatten ihm den Weg zur Größe geebnet. So war es Pippin II. als Hausmeier am Hof der Merowingerkönige gelungen, die großen innerfränkischen Adelsstreitigkeiten zu schlichten (687 bei Tertry). Karl Martell hatte mit seinem Sieg bei Tours und Poitiers die arabische Gefahr gebannt (732) und Pippin III., der Vater Karls des Großen, wurde 751 zum König erhoben und vom Papst bestätigt.

Somit hatte Karl beste Voraussetzungen, das Frankenreich systematisch auszudehnen: Langobarden, Bayern, Awaren und auch die wehrhaften Sachsen wurden unterworfen.

Das Reich zur Zeit Karls des Großen

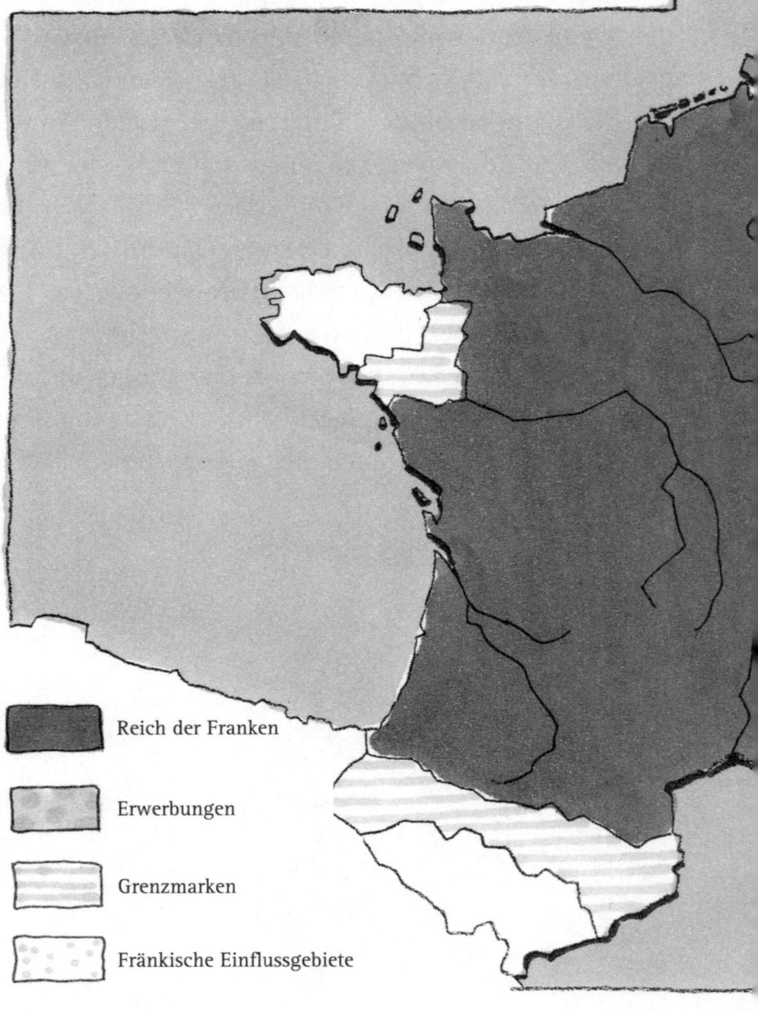

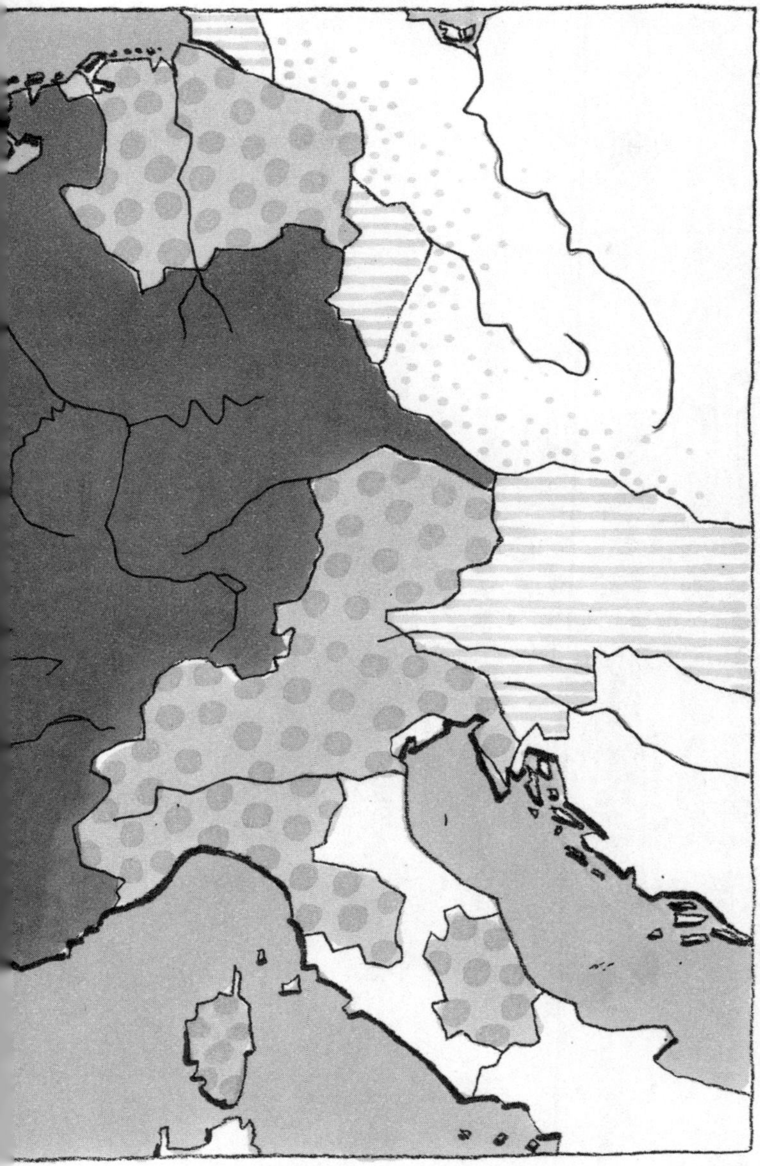

Renée Holler

Gefahr für den Kaiser

Illustrationen von Silvia Christoph

Der Mönch am Fluss

„Kaiser Friedrich?“ Adele blickte ihren Cousin Ulrich ungläubig an. „Wieso sollte der Kaiser denn uns besuchen wollen?“

„Ehrenwort! Heute Vormittag kam ein kaiserlicher Bote, der das Schreiben überbrachte. Der Kaiser wird in einer Woche auf Rabenfels ankommen. Er plant, einige Tage hierzubleiben und dann nach Würzburg weiterzuziehen. Er ist auf dem Weg von Worms nach Regensburg, wo er andere Kreuzritter treffen will. Von dort zieht er dann weiter nach Jerusalem, um die Stadt von den Sarazenen zu befreien.“

„Das weiß ich“, erklärte Adele. „Großvater hat mir erzählt, dass der Kaiser zu einem neuen Kreuzzug aufbrechen will.“

„Das Beste hat er dir aber nicht erzählt“, unterbrach Ulrich seine Cousine ungeduldig. „Dein Vater will ein Turnier für den Kaiser veranstalten!“

„Ein Turnier?“

„Ja.“ Ulrich nickte triumphierend. „Sind das nicht fabelhafte Nachrichten?“

„Na und ob!“ Adele strahlte übers ganze Gesicht,

doch dann verdüsterte sich ihr Blick. „Wie will er das denn bezahlen? Ein Turnier ist teuer und Vater und Großvater haben sich erst gestern über Geldprobleme unterhalten.“

Ulrich zuckte mit den Schultern. „Auf jeden Fall werde ich, Ulrich von Steinfeld, Pagenjunge deines Vaters, des ehrenwerten Ritters Oswald von Heerberg, in den nächsten Tagen einiges zu tun haben.“

„Ein Turnier? Wie wollt ihr das denn finanzieren?“, fragte auch Edelfrau Ludmilla, Adeles Mutter, als sie alle in der großen Halle zum Abendessen versammelt waren.

„In Heidenfeld gibt es genug Geldverleiher, die uns nur zu gerne aushelfen“, beschwichtigte sie der Großvater.

„Ja, weil sie dafür Wucherzinsen verlangen. Ich weiß nicht, ob das eine so gute Idee ist. Wir sind ohnehin schon hoch verschuldet.“

„Halte dich da raus, liebe Frau“, gebot ihr Ritter Oswald. „Geldangelegenheiten sind seit jeher Männersache. Wir wissen schon, was wir tun. Du hast da keine Ahnung.“

„Außer dass ich unser Haushaltsbuch führe“, murmelte die Mutter leise. „Und dass unsere Speisekammer und der Keller halb leer sind. Wie sollen wir da einen Kaiser bewirten und ein Turnier veranstalten?"

„Lass das meine Sorge sein. Dem Kaiser wird ein Fest geboten werden, welches er bestimmt nicht so schnell vergessen wird. Ich werde morgen gleich nach Heidenfeld reiten und mit Jakob Zöpfel, dem Geldverleiher, sprechen."

„Das ist nicht nötig", schmunzelte der Großvater geheimnisvoll und zwirbelte seine Schnurrbartspitzen zwischen den Fingern. „Ich habe den Mann bereits vergangene Woche aufgesucht."

„Aber da wussten wir doch noch gar nichts von dem Besuch des Kaisers!" Ritter Oswald musterte seinen Vater erstaunt.

„Vom Besuch des Kaisers haben wir nichts gewusst, doch vom neuen Kreuzzug sehr wohl. Und zum Kreuzzug sind nur Ritter zugelassen, die ein Pferd haben und die genug Geld besitzen, um zwei Jahre davon leben zu können."

Alle Augen richteten sich fragend auf den alten Mann.

„Na ja", fuhr der Großvater fort, während er schelmisch grinste. „Und da bin ich zu Jakob Zöpfel gegangen und habe nachgefragt, wie es mit einem Kredit aussähe. Kein Problem, hat er gemeint."

„Vater, das kann doch nicht dein Ernst sein! Du hast doch nicht etwa vor, am Kreuzzug teilzunehmen? In deinem Alter!"

„Selbstverständlich", erwiderte der alte Ritter, ohne mit der Wimper zu zucken. „Ich war beim letzten Mal dabei. Und ich lass mir nicht die Gelegenheit entgehen, zum zweiten Mal mit Kaiser Friedrich zu ziehen."

„Und schrubbt die beiden Gäule so richtig ab", wies der Schmied Hannes und Ulrich am nächsten Morgen an.

„Der einzige Nachteil an einem Turnier sind die Vorbereitungen", stellte Hannes mürrisch fest, als er mit Ulrich, je ein Pferd im Schlepptau, den steilen Weg zum Fluss hinabstieg.

„Wenigstens trifft uns das leichtere Los. Denke nur an die arme Adele. Die muss den Frauen beim Putzen helfen. Das Stroh und die Binsen auf dem Boden des Rittersaals wurden das letzte Mal vor Weihnachten ausgewechselt. Stell dir mal den Dreck vor! Das ist schlimmer, als einen Schweinestall auszumisten. Da putze ich schon lieber Pferde als Fußböden."

„Da hast du recht", stimmte Hannes dem Freund zu. Dann hielt er plötzlich an.

„Was ist denn das?", wunderte er sich und deutete auf einen riesigen braunen Sack, der am Flussufer lag. Er drückte Ulrich die Zügel in die Hand und lief los.

Der Sack erwies sich als ein Mann in einer braunen Mönchskutte, der mit dem Gesicht nach unten im Sand lag. Am Hinterkopf erkannten die Jungen eine blutige Wunde.

„Lebt er noch?", fragte Ulrich. Hannes, der neben dem Mann kniete, drehte ihn vorsichtig um.

„Ich weiß nicht." Er drückte sein Ohr auf die Brust des Mannes und lauschte. „Doch, er atmet noch."

„Ob er gestolpert ist und sich dabei verletzt hat?", überlegte Ulrich.

Hannes schüttelte den Kopf. „Nein, das glaube ich nicht."

„Jedenfalls ist er nicht vom Kloster Wiesenthal", stellte Ulrich fest. „Die Benediktiner dort tragen alle schwarze Kutten und diese hier ist braun."

„Was ist denn das?" Hannes wies auf ein paar zerknitterte Pergamentfetzen, die im Sand verstreut lagen. „Ob die dem Mönch gehören?"

„Steck sie mal sicherheitshalber ein, dann können wir sie uns später in Ruhe ansehen. Jetzt müssen wir den Mann erst mal hoch auf die Burg bringen."

„Und wie sollen wir das hinkriegen? Der ist doch viel zu schwer für uns."

„Wir könnten ihn auf eines der Pferde heben."

Die Jungen versuchten, den Mann aufzurichten, doch es klappte nicht.

„Ich hole jemanden aus dem Dorf." Hannes sprang auf. „Die Hütte von Josef, dem Fischer, ist nicht weit. Warte hier, ich bin gleich wieder zurück."

Hannes rannte auf die Lehmhütte zu, die gleich neben dem Weg, der zum Dorf führte, stand. Kurz darauf kam er mit einem großen, kräftigen Mann zurück.

„Na, den hat es aber böse erwischt", murmelte der Fischer und hob den Mönch auf eines der Pferde. „Schafft ihr es allein?"

„Kein Problem", meinte Ulrich. „Und Tante Ludmilla wird ihn sicher wieder zusammenflicken."

Später am Nachmittag hockten Ulrich und Hannes auf ihrem Geheimplatz hinter dem Schweinestall. Vor ihnen lagen die Schnipsel, die sie neben dem Mönch am Ufer gefunden hatten. Ulrich versuchte, den Text zusammenzupuzzeln.

„Und?", fragte Hannes, der nicht lesen konnte, erwartungsvoll.

„Auf diesem großen Stück sind einige Wappen abgebildet und Buchstaben daneben. Keine Ahnung, was das soll. Die andern Schnipsel scheinen irgendwie zusammenzugehören. Aber ich werde daraus nicht schlau. Hier ist ein S, da ein O ..." Schließlich schüttelte er den Kopf. „Ist zu kompliziert für mich. Komm, wir gehen zu Adele. Die kann besser lesen als ich.“

Die beiden eilten über den Burghof zum Palas, wo über dem Rittersaal die Kemenate der Frauen lag. Sie hasteten die Steinstufen hoch und klopften an die schwere Tür.

„Herein“, sagte eine Frauenstimme.

Die Jungen betraten den Raum. Engeltrud, Adeles ältere Schwester, sah sie fragend an.

„Wir wollten nur nachfragen, wie es dem Mönch geht.“

„Das ist aber anständig, dass ihr euch nach ihm erkundigt“, lächelte sie. „Leider geht es ihm nicht viel besser. Er ist immer noch bewusstlos und hat hohes Fieber.“

Adele hockte in der Fensternische. Sie hatte für heute mit dem Putzen aufgehört und saß vor ihrem Stickrahmen. Als sie die Jungen sah, sprang sie auf und wollte zur Tür eilen.

„Halt, liebe Schwester. Wo willst du denn so schnell hin?“

„Ich muss nur mal schnell.“

„Dass ich nicht lache! Du weißt genau, was Mutter gesagt hat. Du sollst dich nicht immer mit den Jun-

gen herumtreiben, sondern deinen häuslichen Verpflichtungen nachkommen."

Adele drehte sich zur Schwester um. „Wenn du Mutter nur ein Wort verrätst, dann wird sie bald wissen, wem du heimlich Briefe schreibst", zischte sie drohend. Und kaum hatte sich die verdutzte Schwester versehen, war Adele auch schon zur Tür hinaus.

„Was gibt es?", fragte sie Ulrich und Hannes.

„Sieh mal, was wir neben dem verletzten Mönch gefunden haben." Ulrich reichte seiner Cousine den Pergamentbogen und die Schnipsel. „Wir haben gedacht, dass die uns vielleicht einen Hinweis geben könnten, wer versucht hat, den Armen zu ermorden."

„Ermorden?" Adele schaute Ulrich und Hannes fassungslos an.

„Ja." Hannes nickte. „Ermorden oder vielleicht auch

nur auszurauben. Kannst du uns helfen, die Nachricht zu lesen?"

„Klar doch." Adele griff nach dem großen Bogen. „Hm, was das soll, verstehe ich auch nicht. Aber kann ich den Brief vielleicht aufheben? Die Wappen sind so schön."

Ulrich nickte schnell. „Aber guck doch mal hier: Die Schnipsel scheinen irgendwie zusammenzugehören."

Konzentriert beugte sich Adele über die Pergamentfetzen.

Wie lautet der Text?

Unter Mordverdacht

Ulrich wälzte sich auf seinem Strohsack im Schlafraum der Gesindestube unruhig hin und her. Er konnte einfach nicht einschlafen. Der kranke Mönch, der vom Palas hierher umquartiert worden war, hatte zwar noch immer nicht das Bewusstsein wiedererlangt, plapperte jedoch unaufhörlich vor sich hin. Ulrich lauschte. Zunächst ergaben die Worte keinen Sinn, dann, von einem Augenblick zum anderen, wurde das Kauderwelsch klarer.

„Mord!“, rief der Mönch. „Mord!“

Es lief Ulrich eiskalt über den Rücken und er setzte sich kerzengerade auf.

„Der Minnesänger ... nicht trauen ...“, fuhr der Mönch fort. „Nur jedes siebte Wort! Der Schatz ... Findet den Schatz! Mord!“

Vorsichtig tapste Ulrich durch den von einem Tranlicht spärlich erleuchteten Raum. Er kniete sich neben den Mönch nieder.

„Mord?“, fragte er ihn leise. „Wer soll ermordet werden?“ Er schüttelte den Mönch, der unvermittelt, so als ob nichts geschehen wäre, ruhig atmete und weiterschlief. Ulrich legte seine Hand auf die Stirn des Mannes.

„Ach du meine Güte, der glüht ja vor Hitze!" Er kühlte das Gesicht des Kranken mit einem feuchten Lappen, der in einer Schale neben dem Lager lag.

Als Ulrich die Geschichte am folgenden Morgen Adele berichtete, starrte diese ihn entsetzt an.

„Mord!", rief sie. „Meinst du, der Kaiser soll ermordet werden?"

„Gut möglich. Nehmen wir mal an, der Mönch wollte deinen Vater warnen. Er kam allerdings nicht dazu, da ihm jemand – vermutlich der Mörder – eins über den Schädel gab."

„Schein trügt. Nicht alles ist, was es vorgibt", murmelte Adele nachdenklich. „Ein Wolf im Schafspelz ist unter euch. Was wollte er nur damit sagen?"

„Das ist es!“, rief Ulrich aufgeregt. „Ein Mörder ist unter uns. Jemand, der vorgibt, etwas anderes zu sein, sodass niemand auf die Idee kommt, ihn zu verdächtigen. Und er wird am Tage des Turniers zuschlagen. Adele, das müssen wir unbedingt verhindern!“

„Die Herzogin Kunigunde!“ Mit einem Mal war Adele alles klar.

„Was?“, wunderte sich Ulrich. „Die Herzogin Kunigunde?“

„Also“, erklärte Adele, „die Herzogin ist eine entfernte Verwandte von Heinrich dem Löwen. Heinrich der Löwe ist mit dem Kaiser verfeindet.“

„Ja, das weiß ich auch. Er wurde nach England in die Verbannung geschickt, nachdem er den Kaiser bei seinen Italienfeldzügen im Stich gelassen hat. Doch das ist ewig her, Heinrich der Löwe ist längst wieder im Lande.“

Adele schüttelte den Kopf. „Nein, der Mann ist wieder in England. Vater hat mir erzählt, dass Kaiser Friedrich ihn abermals verbannt hat, weil er nicht will, dass Heinrich am Kreuzzug teilnimmt.“

„Und was hat das mit den Mordplänen zu tun?“

„Wie du weißt, sind die ersten Gäste fürs Turnier bereits eingetroffen“, erklärte Adele. „Mutter hat einige davon in Engeltruds und meiner Kammer untergebracht. Herzogin Kunigunde gehört dazu. Vergangene Nacht sah ich, wie sie aufstand. Sie holte etwas aus ihrem Bündel, das wie ein Kräuterbund aussah. Dann schlich sie aus der Kammer."

„Aber das hat doch überhaupt nichts mit der Sache zu tun."

„Hat es sehr wohl. Findest du es nicht verdächtig, dass die Frau mitten in der Nacht heimlich im Haus herumschleicht? Ich möchte wetten, sie bereitete einen Trank zu, mit dem sie den Kaiser vergiften will. Aus Rache, weil der Kaiser ihren Verwandten Heinrich verbannt hat."

Ulrich überlegte. „Möglich wäre das. Meinst du, wir könnten herausfinden, ob die Kräuter der Herzogin Kunigunde wirklich giftig sind?"

„Natürlich, wir fragen einfach Frieda", schlug Adele vor. „Als Küchenmagd weiß die doch sicherlich, welche Pflanzen giftig sind und welche nicht."

„Gute Idee. Du holst dir die Kräuter heimlich aus dem Bündel der Herzogin und gehst damit sofort zu Frieda."

Nur wenig später stand Adele in der riesigen Burgküche und hielt der Küchenmagd den Inhalt des Beutels hin.

„Tut mir leid, Adele, aber ich kann dir nicht weiterhelfen“, sagte Frieda kopfschüttelnd. „Wenn du es genau wissen willst, könntest du das Zeug der alten Grete zeigen.“

„Aber die Kräuterfrau lebt doch im Wald. Da dürfen wir nie im Leben allein hin!“

„Ich muss später sowieso zu ihr“, verkündete Frieda. „Edelfrau Ludmilla will, dass ich für den kranken Mönch Heilkräuter besorge.“

„Hervorragend!“ Adele reichte Frieda den Beutel.

„Komm nach dem Abendessen hinter den Schweinestall.“

Am Nachmittag verließ Frieda mit schnellen Schritten die Burg. Am Anfang säumte nur niedriges Gestrüpp den Weg, der in den Wald führte, doch bald standen rechts und links hohe Bäume. Im Sommer, wenn kaum Licht durch die Baumkronen drang, war es hier stockfinster. Jetzt im Frühjahr schimmerten dünne Sonnenstrahlen durch das zarte Grün der Äste.

Im Unterholz raschelte es. Erschrocken blickte Frieda sich um. Waren das etwa die Waldgeister, von denen Grete immer erzählte? Die Kräuterfrau war fest davon überzeugt, dass Zwerge und andere wilde Kreaturen unter den Baumwurzeln hausten. Frieda

begann, schneller zu laufen. Da plötzlich hörte sie den dumpfen Aufschlag von Hufen auf dem weichen Waldboden. Morsche Zweige krachten, ein Pferd wieherte. Schnell duckte sich das Küchenmädchen hinter einen dicken Eichenstamm.

Ein Reiter auf einem schwarzen Ross tauchte zwischen den Bäumen auf. Er trug einen schwarzen Helm und sein schwarzer Umhang flatterte im Wind. Selbst die Schabracke des Pferdes war tiefschwarz. Friedas Herz schlug bis zum Hals. Das Pferd schnaubte. Aber so unvermittelt, wie der geheimnisvolle schwarze Ritter aufgetaucht war, war er wieder im Dunkel des Waldes verschwunden.

Atemlos stürmte Frieda weiter zur nächsten Wegbiegung.

Endlich! Vor ihr im hellen Sonnenschein lag die Lichtung mit der kleinen Holzhütte der Kräuterfrau. Frieda klopfte erleichtert an die niedrige Tür.

„Herein“, rief die freundliche Stimme der alten Grete und das Mädchen trat ein.

Nachdem sie der Frau erklärt hatte, wie es um den kranken Mönch stand, zog Grete einen verschrumpelten, braunen Gegenstand aus einem Tontopf.

„Das ist die Wurzel des Hexenkrautes“, erklärte sie. „Deine Herrin soll davon einen Sud kochen und damit die Wunde waschen. Diese Medizin hat sich bei den tiefsten und grässlichsten Verletzungen der Kreuzritter als erfolgreich erwiesen. Zudem heilt der Sud nicht nur Wunden, sondern ist auch zum Schutz gegen Hexen und böse Geister wirksam. Oje!“, rief die Alte plötzlich und eilte auf ihre Feuerstelle zu. „Mein Sirup kocht über.“ Und sie rührte heftig in einer dunklen, dickflüssigen Masse, die in einem Kessel über dem Feuer brodelte.

„Grete?“, fragte Frieda vorsichtig. „Du kennst dich doch mit giftigen Pflanzen aus?“

Die Kräuterfrau nickte. „Ja, wieso?“

„Ich habe hier ein Kraut und würde gerne wissen,

ob es giftig ist." Frieda öffnete den Beutel der Herzogin und reichte ihn Grete.

„Ich kann hier von meinem Topf nicht weg. Du musst selber nachschauen. Siehst du die Bündel an der Wand?"

Frieda nickte und ging zu den Kräutern, die fein säuberlich an einem Balken an der Wand hingen.

Grete blickte kurz von ihrem Gebräu auf. „Ich werde dir erklären, welche davon giftig sind." Die alte Kräuterfrau rührte weiter in ihrem Topf. „Das dritte Bündel von links in der obersten Reihe, das ist Schierling. Eine äußerst wirksame Medizin, wenn man sie äußerlich anwendet. Sie wirkt bei Geschwüren schmerzstillend. Wer allerdings davon trinkt, dem ergeht es schlecht. Das Kraut lähmt das Opfer, verhindert richtiges Atmen und führt so schließlich einen qualvollen Tod herbei."

Frieda schauderte.

„Lass mich überlegen", fuhr Grete fort. „Dann ist da natürlich noch Fingerhut. Ein Sud aus den Blättern, in kleinen Dosen verabreicht, kann den Puls verlangsamen. Doch nur eine Unze zu viel davon lähmt die Herzmuskeln und hat den Tod zur Folge."

„Und welches ist der Fingerhut?" Frieda hielt den Atem an.

„Das zweite Bündel von rechts in der zweiten Reihe von unten. Und dann“, erklärte die Kräuterfrau weiter, während sie etwas in die brodelnde Flüssigkeit streute, „gibt es natürlich noch Eisenhut. Den findest du in der untersten Reihe ganz rechts. Eine Tinktur eignet sich hervorragend zum Einreiben bei Muskelschmerzen. Innerlich eingenommen, würde der Tod allerdings innerhalb kurzer Zeit eintreten. Zunächst verspürt das Opfer einen brennenden Schmerz im Mund, der sich im ganzen Körper ausbreitet. Dann wird sein Atem immer schwächer, er wird matt und müde, bekommt Magenkrämpfe, muss sich erbrechen, bis der Tod schließlich eintritt.“

Frieda schüttelte sich. „Das klingt ja schrecklich.“

Grete nickte zustimmend. „Ja, es kommt immer auf die richtige Mischung an. Die meisten anderen Kräuter, die ich zurzeit in der Hütte habe, sind selbst in größeren Mengen nicht schädlich. Außer Bauchweh oder Durchfall oder vielleicht auch mal Kopfschmerzen und Schwindelgefühle kann nichts passieren. Die getrockneten Pilze allerdings ...“

Doch Frieda hörte nicht mehr zu. Sie verglich mit klopfendem Herzen die getrockneten Blätter aus dem Beutel der Herzogin mit den Kräuterbündeln an der Wand.

Sind die Kräuter der Herzogin giftig?

Minnesänger auf der Burg

„Und dann kann man nicht mehr atmen und stirbt einen qualvollen Tod“, erklärte Frieda den anderen Detektiven, als sie sich nach dem Abendessen heimlich hinter dem Schweinestall trafen.

Adele, Ulrich und Hannes schauten sie mit weit aufgerissenen Augen an.

„Und die Kräuter der Herzogin?“, wollte Adele wissen.

„Ach, die“, antwortete das Küchenmädchen grinsend, „das war Salbei. Grete sagte, dass ein Aufguss davon wie eine Art Lebenselexier wirkt. Es beugt Gedächtnisschwund vor, stärkt die Nerven und ist gut für die Verdauung. Wenn man den Sud gurgelt, schafft Salbei bei Halsweh Erleichterung.“

„Ach.“ Ulrich war enttäuscht. „Das bedeutet wohl, dass die Herzogin Kunigunde als Verdächtige wegfällt.“

Frieda nickte.

„Wenn ihr mich fragt“, wandte sich Hannes an die übrigen drei, „dann sollten wir uns die Minnesänger genauer ansehen. Der Mönch hat doch auch von einem Minnesänger gesprochen. Vielleicht plant ja einer der Sänger, den Kaiser umzubringen."

„Richtig", stimmte ihm Adele zu. „Habt ihr übrigens den jungen Minnesänger gesehen, der gestern Abend auf der Burg ankam? Wolfram oder so ähnlich heißt er."

Die beiden Jungen schüttelten den Kopf.

„Höchst verdächtig! Ihr hättet mal sehen sollen, wie der meine Schwester Engeltrud beim Abendessen anhimmelte. Ekelhaft! Er will sich sicher nur einschmeicheln, damit man ihn nicht verdächtigt. In Wahrheit hat er sicher etwas Krummes vor."

Am nächsten Morgen, gleich nach dem Aufstehen, wollte Adele in den Rittersaal gehen, um den Minnesänger eingehender in Augenschein zu nehmen. Vielleicht gelang es ihr ja, ihn in ein Gespräch zu verwickeln.

„Halt, mein Fräulein", kam ihr die Mutter zuvor. „Du gehst zu Resi in den Hof und hilfst ihr beim Waschen. Die Waschfrau aus dem Dorf, die ihr sonst hilft, ist krank."

„Aber, Mutter!"

„Kein Aber! Der Kaiser kommt und da muss alles blitzblank sein."

„Wir haben die Betttücher doch erst vergangenen Herbst gewaschen. Die sind noch völlig in Ordnung."

Doch die Mutter ließ sich nicht erweichen und so blieb Adele nichts anderes übrig, als in den Hof zu gehen. Dort stand Resi, die Magd, bereits an einem Zuber und bearbeitete die Leintücher heftig mit einem Schlagholz. Neben ihr blubberte schäumendes Seifenwasser in einem großen Kessel über einem Feuer. Frieda stand mit aufgerollten Ärmeln daneben und rührte die Wäsche.

„Frieda!" Adeles verzagter Blick hellte sich auf. „Hat man dich auch zum Wäschewaschen verurteilt?"

Frieda nickte. „Ist gar nicht so schlimm", meinte

sie. „Man hat hier einen fantastischen Überblick über das Treiben im Burghof. Außerdem ziehen gerade Gaukler zur Burg hoch. Die müssen jeden Augenblick ankommen. Minnesänger sollen auch darunter sein." Frieda zwinkerte ihrer Freundin heftig zu.

Adele verstand sofort. „Na, dann an die Arbeit." Sie rollte ihre Ärmel hoch und begann, ein Leintuch im Zuber zu schrubben.

Da ertönte eine Fanfare vom Wachturm.

„Da sind sie!", rief Adele freudig. „Komm, Frieda!" Sie packte ihre Freundin mit feuchten Händen am Arm.

„Und die Leintücher?"

„Ach, die können warten.“ Und bevor Resi etwas einwenden konnte, rannte Adele los. Frieda blieb bei den Waschzubern zurück. Sie wollte keine Prügel riskieren.

Zuerst kam ein Mann auf Händen in den Hof spaziert. Ein bunt gekleideter Jongleur, der gleich mehrere Bälle durch die Luft warf, folgte ihm. Danach zogen mehrere Musikanten ein.

Adele stellte sich auf die Zehenspitzen, um besser sehen zu können. Ein riesiger Bär zog jetzt durch das Tor ein. Adele betrachtete das zottelige Ungetüm, das sich zu den Klängen eines Tamburins hin und her wiegte und im Kreis herumtapste. Ganz geheuer war ihr dabei nicht. Als Nächstes kam ein Schwertschlucker, gefolgt von Akrobaten, die wilde Körperverrenkungen vorführten. Das Schlusslicht bildeten ein Mann in Narrenkappe auf Stelzen und zwei Minnesänger, die eine fröhliche Melodie trällerten.

„Und was hast du hier zu suchen?“, fragte da plötzlich die strenge Stimme der Mutter. „Zurück zu den Waschzubern! Und heute Abend gehst du zur Strafe ohne Essen zu Bett.“

„Aber Mutter ...“

„Los, mach schon!“ Kleinlaut lief Adele zurück zur Wäsche und half für den restlichen Tag der Magd und Frieda beim Schlagen, Spülen, Wringen und Aufhängen der sauberen Leintücher.

In der folgenden Nacht konnte Adele nicht einschlafen. Es war nicht nur der Hunger, der Adele wach hielt, sondern auch ihre Gedanken, die sich wie wild überschlugen. Keiner der Minnesänger hatte sich als verdächtig erwiesen. Es schien sich um ganz harmlose Musikanten zu handeln. Und Wolfram hatte tatsächlich nur Augen für Engeltrud. Wie sollten sie einen Mörder überführen, wenn er sich absolut unverdächtig verhielt?

Adeles Lider wurden immer schwerer, doch gerade, als sie dabei war einzuschlafen, erklang vom Hof her ein ohrenbetäubender Lärm. Es dauerte eine Weile, bis ihr klar wurde, dass es sich nicht um ein Tier, sondern ein Musikinstrument handelte.

„Das gibt's doch nicht", murmelte Adele, schlüpfte aus dem warmen Bett und tapste barfuß über den kalten Steinboden zum Fenster.

Unten im Hof stand eine dunkle Gestalt, ein Mann, der seine Kapuze tief ins Gesicht gezogen hatte. In der Hand hielt er eine Laute, an der er ungeschickt zupfte. Dann begann er, aus voller Kehle zu singen.

Davon wachte auch Engeltrud auf. Sie schlich zum Fenster und spähte in den Hof.

„Ach du meine Güte", flüsterte sie. „Wer ist das denn bloß?"

„Wohl einer deiner zahlreichen Verehrer", neckte Adele ihre ältere Schwester.

„Ach, halt doch die Klappe! Du hast ja keine Ahnung. Wolfram singt viel besser. Oje, klingt das schrecklich! Das tut ja weh."

„Stimmt“, pflichtete Adele Engeltrud bei und hielt sich mit den Händen die Ohren zu.

Kaum hatte der Minnesänger seine erste Strophe beendet, hörte man Ritter Oswalds laute Stimme.

„Ruhe!“, schrie der Burgherr. Dann klang es, als ob sich ein Wolkenbruch über den Hof ergoss. Augenblicklich herrschte Ruhe. Nur ein Käuzchen schrie.

Adele kicherte. „Ob das Vaters Nachttopf war? Vielleicht sollte der gute Mann etwas mehr üben, bevor er das nächste Mal die ganze Burg mit seinen Künsten aufweckt.“

Auf leisen Sohlen schlichen die beiden Schwestern zurück ins Bett.

„Der Mann ist höchst verdächtig", schloss Adele ihren Bericht für Frieda und Hannes, die die nächtliche Vorführung verschlafen hatten.

„Er konnte wirklich überhaupt nicht singen", ergänzte Ulrich. „Möchte wetten, dass er gar kein Minnesänger, sondern der Wolf im Schafspelz ist."

„Na klar, das ist der Mann, den wir suchen!" Frieda nickte begeistert.

„Woher wollt ihr das so genau wissen?", zweifelte Hannes. „Vielleicht konnte er ja wirklich nur nicht singen?"

Ulrich schüttelte den Kopf. „Adele, hast du den Text verstanden?“

„Und ob. Engeltrud und ich mussten uns zusammenreißen, um nicht laut zu lachen! Er konnte nicht mal dichten.“

Mit hohler Stimme trug sie vor:

„Der Mond scheint so lieblich um Mitternacht.
Da will ich mein schönstes Herzliebchen treffen.“

„Genau!“, rief Ulrich. „Ich weiß auch noch, wie es weiterging:

Doch ich muss fahren nach Jerusalem morgen.
Mich rüsten mit großer Herzenspein zum Kreuzzug.
Mein Liebchen bleibt zurück, mein liebster Schatz,
stickend in ihrer Kammer im höchsten Turm,
wo im Winde stets flattert ein Fähnelein.“

„Mit etwas mehr Melodie würdest du dich ausgezeichnet als Minnesänger eignen“, grinste Hannes.

„Versteht ihr denn nicht, was ich sagen will? Der Mann wollte irgendjemandem etwas mitteilen.“ Ulrich musterte die Freunde ungeduldig.

„Denkt doch mal nach. Wisst ihr nicht mehr, was der Mönch im Delirium geredet hat?“

Welche Botschaft ist im Minnesang verborgen?

Das geheimnisvolle Turmzimmer

„Mitternacht – treffen – morgen – Kreuzzug – Schatz – Turm – Fähnelein. Wenn ich das jetzt richtig verstehe“, stellte Frieda fest, „dann hat hier jemand morgen Nacht ein Stelldichein und zwar in einem Turm, auf dem ein Fähnchen weht.“

„Die Worte könnten doch auch eine ganz andere Bedeutung haben.“ Ulrich wurde ungeduldig. „Bei dem Wort ‚Schatz‘ könnte es sich um einen wirklichen Schatz handeln …“

„Ich glaube, jetzt träumst du“, lachte Hannes.

„Nein.“ Ulrich ließ sich nicht so leicht von seiner Idee abbringen. „Großvater hat mir erzählt, dass Kreuzritter früher oft kostbare Schätze aus dem Heiligen Land mitbrachten. Könnte es sich nicht darum handeln?“

„Hm.“ Adele dachte nach. „Klingt zwar verrückt, doch wer weiß, vielleicht ist ja doch ein Körnchen Wahrheit dran.“

„Ja.“ Auch Frieda begann, sich für die Idee zu begeistern. „Vielleicht befindet sich ja sogar ein Kreuzritterschatz auf Rabenfels.“

„Aber was hat das Ganze mit dem geplanten Mord am Kaiser zu tun?“, fragte Ulrich, der in Gedanken schon wieder beim Wesentlichen war.

„Keine Ahnung … Um das herauszufinden, sollten wir morgen um Mitternacht in den Turm gehen. Dort können wir sehen, wer sich verabredet hat und warum.“

„Und in welchem Turm soll das Treffen stattfinden?“ Ulrich raufte sich die Haare. „Auf Rabenfels gibt es unzählige Türme! Da ist der Bergfried, der Wachturm, der kleine Turm beim Tor und der runde Turm.“

„Na, im runden Turm natürlich.“ Hannes war sich sicher.

„Was?“ Adele blickte ihn erschrocken an. „In den runden Turm gehe ich ganz bestimmt nicht. Da spukt es.“

„Das ist es ja gerade. Wer sich um diese Zeit verabredet, will vermeiden, dass andere das Gespräch belauschen. Und was ist da besser geeignet als ein Turm, in dem es angeblich spukt. Außerdem“, fügte er noch hinzu, „ist das der einzige Turm auf Rabenfels, auf dem eine Fahnenstange befestigt ist.“

„Und was ist mit dem Ritterfräulein, das in dem Turm herumgeistert?“, gab Frieda zu bedenken.

„Das ist doch totaler Unsinn.“ Hannes glaubte nicht an Geister. „Ich gehe um Mitternacht in den Turm. Wer kommt mit?“

Die anderen Detektive schwiegen. Adele schüttelte ihren Kopf. „Ich kann nicht aus der Kammer raus, ohne dass es jemand merkt“, meinte sie entschuldigend.

„Ich ... ich auch nicht“, stotterte Frieda. „Die Köchin schläft äußerst unruhig.“

Hannes schaute Ulrich an. „Und du? Willst du dich auch drücken?“

„Nein. Natürlich komme ich mit“, erwiderte dieser, obwohl er sich dabei unbehaglich fühlte. Doch das konnte er ja vor den anderen schlecht zugeben.

Dichter Nebel umhüllte Burg Rabenfels, als Ulrich und Hannes kurz vor Mitternacht über den Burghof schlichen. Der runde Turm war am nördlichen Ende in die Ringmauer eingebaut. Niemand hatte ihn in den letzten Jahren betreten – und das nicht nur wegen des angeblichen Geistes, sondern weil das Bauwerk äußerst renovierungsbedürftig war. Doch für solche Ausgaben fehlte auf Rabenfels das Geld.

Hannes hatte aus dem Stall eine kleine Laterne mitgebracht, damit sie in der Dunkelheit den Weg fanden. Ein Käuzchen schrie. Ulrich schauderte, doch Hannes schritt mutig weiter. Am Turm angelangt, zerrte er am Riegel der Holztür.

„Ist rostig“, stellte er fest. „Komm, pack mal mit an.“

Gemeinsam schafften sie es, die Tür zu öffnen. Hannes leuchtete mit seiner Laterne die steile Wendeltreppe hoch.

„Na, hoffentlich kracht die nicht unter unserem Gewicht zusammen", begann er zu zweifeln.

„Ach was!" Ulrich sprach mehr zu sich als zu Hannes. „Die Stufen sind nur ausgetreten."

Die Jungen tasteten sich langsam vorwärts.

Schließlich gelangten die beiden in einen kreisrunden Raum, in dem die Wendeltreppe endete.

„Das muss das Turmzimmer sein", flüsterte Hannes leise. „Das, in dem es spukt."

„Fällt dir irgendetwas Besonderes auf?"

Hannes hielt seine Laterne hoch. „Nichts, nur die Truhe hier." Er öffnete den Deckel. „Leer. Schade! Einen Augenblick lang dachte ich, es könnte sich um eine Schatztruhe handeln." Gerade, als er den Deckel wieder schließen wollte, hörten die Detektive ein Geräusch.

„Schnell, puste das Licht aus!" Ulrich packte Hannes am Arm. „Da kommt jemand die Treppen hoch."

„Der Geist des Burgfräuleins!" Hannes wurde leichenblass. „Was sollen wir jetzt tun?"

Ulrich schaute sich im Zimmer um. „Die Truhe", sagte er schnell. „Komm, nichts wie hinein."

Die Schritte kamen immer näher. Jetzt konnte man sogar gedämpfte Stimmen hören.

Hannes stand starr vor Schreck.

„Nun komm schon!“ Ulrich zog seinen Freund ungeduldig neben sich in die Truhe und ließ den Deckel leise zufallen.

„Da hat uns der gute Neidhardt doch beinahe alles vermasselt“, sagte in diesem Augenblick eine tiefe Männerstimme.

„Muss schon sagen, Theo, das hast du gut hingekriegt. Der gute Mann ist total außer Gefecht gesetzt“, lobte eine Frauenstimme. „Meinst du, er hätte wirklich Ernst gemacht und unseren Kaiser Fritz ...?“

„Ohne Zweifel. Der hätte ihn erledigt. Neidhardt kann man nicht über den Weg trauen."

Eine andere Männerstimme lachte. „Stellt euch nur vor, welch ein köstlicher Skandal das wäre: Der Kaiser tot. Eigentlich gar keine so schlechte Idee. Dann wäre unser Anteil größer."

„Reiß dich zusammen", wies ihn die Frau zurecht. „Fritz bleibt am Leben."

„Ist ja schon gut. Zur Sache, liebe Freunde. Die Lage des Schatzes. Theo, wo ist der Plan?"

„Neidhardt hat ihn verloren", murmelte Theo.

„Was? Dieser Idiot!"

„Keine Sorge, ich habe die Zeichnung genau im Kopf behalten. Leuchte mir mal mit der Laterne."

Die Jungen in der Truhe hielten den Atem an. Sie hörten ein Kratzen, fast so als ob jemand etwas mit einem spitzen Gegenstand in den harten Steinboden ritzte.

„Dieses Kreuz hier ist unser Standort", erklärte der Mann und er fuhr fort, den Boden zu bearbeiten. „Und dieser Stern markiert den Gang. Genau so war die Lage des Schatzes auf Neidhardts Plan eingezeichnet."

„Gute Arbeit, Theo", lobte die Frau. „Und wann sollen wir zuschlagen? Noch heute Nacht?"

„Auf keinen Fall", widersprach Theo. „Wir müssen unbedingt warten, bis Fritz ankommt, damit auch ja nichts schiefläuft."

„Zugegeben", räumte die Frau ein. „Fritz ist ein äußerst gutes Ablenkungsmanöver. Seinetwegen werden alle Burgbewohner, von der unwichtigsten Dienstmagd bis zum Burgherrn persönlich, vollauf beschäftigt sein." Sie gähnte laut und ausgiebig. „Wenn das alles ist, würde ich jetzt gerne zu meinem Strohsack zurückkehren. Ich bin schrecklich müde."

„Ich auch", stimmte ihr Theo zu.

„Also das mit dem Mord", lachte der andere Mann laut, während die drei die Treppe hinabstiegen, „werde ich mir noch überlegen. Wäre das nicht ein Riesenspaß?" Das Echo seines widerlichen Lachens ließ Ulrich und Hannes in ihrem Versteck die Haare zu

Berge stehen. Dann verhallten die Schritte und im Turmzimmer kehrte wieder Ruhe ein.

„Wie dumm“, flüsterte Ulrich, als sie aus der Truhe stiegen, „dass wir unsere Laterne nicht wieder anzünden können. Wie sollen wir denn den Plan der Bande sehen? Es ist stockdunkel.“

„Der Plan muss bis morgen warten“, stellte Hannes fest. „Komm, lass uns gehen, bevor das Gespenst doch noch auftaucht.“

Doch weder Hannes noch Ulrich gelang es, am nächsten Morgen zurück in den runden Turm zu gehen. Ritter Oswald brauchte seinen Pagen ebenso wie der Schmied seinen Lehrjungen. Vor der Mittagspause hielt es Hannes vor Ungeduld nicht mehr aus.

„Ich muss mal“, erklärte er dem Schmied und eilte zum Abtritt. Kurz davor blickte er sich vorsichtig um und bog Richtung Turm ab. Mit großen Schritten hastete er die Wendeltreppe hoch. Mit klopfendem Herzen kam er in der Turmstube an. Verwundert darüber, dass er sich in der Nacht gefürchtet hatte, betrachtete Hannes den Raum. In den Sonnenstrahlen, die durch die Fensterschlitze fielen, tanzte der Staub. Sein Blick glitt über den Fußboden. Schnell hatte er die Skizze gefunden.

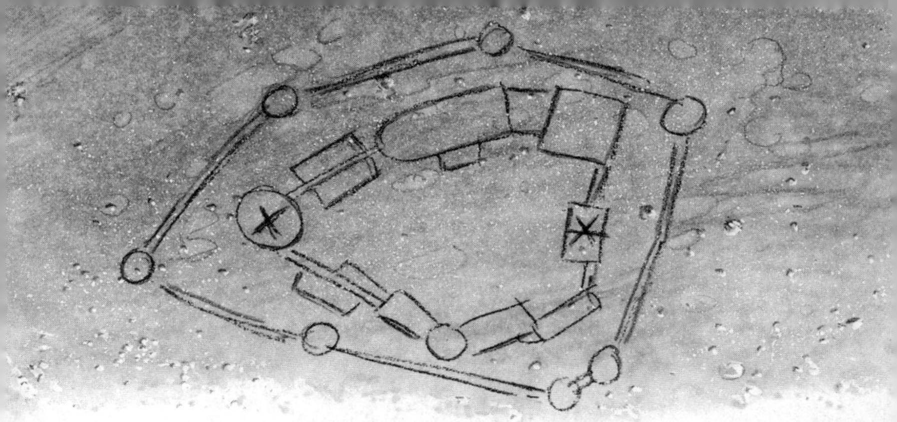

„Sieht wie der Grundriss der Burg aus“, murmelte er, als er die Zeichnung genauer untersuchte. „Hier ist der runde Turm ...“ Aufgeregt sprang er auf und spähte zum Fenster hinaus.

An einem klaren Tag bot sich vom Turm aus ein fantastischer Fernblick. Doch Hannes hatte nur Augen für die Burganlage, die sich unter ihm ausbreitete. Da lag der Burghof mit dem Bergfried und dem Palas, daneben die kleine Kapelle, deren buntes Glasfenster in der Sonne glitzerte. An die Burgmauer gekauert, konnte er die Wirtschaftsgebäude und den Stall mit der Schmiede erkennen.

„Wenn man den Plan mit der Burganlage vergleicht“, dachte Hannes laut, „dann müsste man leicht feststellen können, welches Gebäude die Schatzsucher mit einem Stern markiert haben.“

„Genau! Das ist es!“, rief er aus und stürmte, so schnell er konnte, die engen Stufen hinab.

Welches Gebäude haben die Schatzsucher markiert?

Nachforschungen im Kloster

„Nein, ich konnte absolut nichts finden“, erklärte Hannes später den anderen Detektiven. „Sieht so aus, als hätten die Verbrecher die falsche Stelle markiert.“

„Vermutlich gibt es sowieso keinen Schatz“, warf Frieda ein. „Wir sollten besser den Mann finden, der den Kaiser ermorden will.“

„Wir haben doch noch eine Möglichkeit!“, rief Adele plötzlich. „In der Burgchronik im Kloster Wiesenthal gibt es sicherlich Hinweise auf einen Schatz, falls es den tatsächlich geben sollte.“

„Hervorragend! Adele, du musst sofort zum Kloster. Du kannst am besten lesen.“ Ulrich war begeistert. Doch dann verdunkelte sich sein Blick. „Doch Tante Ludmilla wird dir nie erlauben, dass du jetzt zum Kloster gehst.“

„Macht euch da mal keine Sorgen“, meinte Adele. „Da fällt mir schon irgendwas ein.“

„Vier, fünf, sechs ...“ Edelfrau Ludmilla seufzte, während sie die geräucherten Schinken, die in der Vorratskammer von der Decke baumelten, zählte. „Wir müssen unbedingt noch welche vom Metzger aus Heidenfeld besorgen.“

„Mutter?“, fragte Adele vorsichtig.

„Adele! Meine Güte, hast du mich erschreckt. Was willst du?“

„Wir haben ein Problem. Mathilde hat gerade festgestellt, dass wir fast keinen Honig mehr haben, um den Mandelpudding für den Kaiser zu süßen.“

„Auch das noch!“, stöhnte die Mutter.

„Also“, fuhr Adele fort, „da dachte ich mir, wir könnten uns welchen aus dem Kloster besorgen.“

„Ein guter Vorschlag“, überlegte die Mutter. „Nur

kann ich hier gerade niemanden entbehren, um ihn auf Botengänge zu schicken."

„Ich könnte doch mal schnell rüberlaufen."

„Aber allein ..."

„Natürlich nicht allein", fiel Adele der Mutter ins Wort. „Frieda könnte mich begleiten. Gleichzeitig könnte ich dem Abt eines meiner selbst gestickten Deckchen bringen. Dann kann er im Mai den Marienaltar damit schmücken." Unschuldig blickte Adele ihre Mutter mit großen Augen an.

Edelfrau Ludmilla lächelte erstaunt. „Das ist ein sehr lobenswerter Gedanke."

Wenig später hüpften die beiden Mädchen fröhlich singend den Weg zum Kloster entlang.

Auf einmal packte Frieda Adele am Arm. „Schau mal, dort!"

„Was?" Adele blickte sie verwundert an. „Hast du etwa Räuber gesehen?"

„Nein." Frieda schüttelte den Kopf. Sie deutete hinab ins Tal, wo man Kloster Wiesenthal liegen sah. „Keine Räuber, sondern den schwarzen Ritter, der mir auf dem Weg zur alten Grete begegnet ist."

Tatsächlich, unten am Klostereingang stand der schwarze Ritter, der sich mit einem Mönch unterhielt.

Soeben schwang er sich auf sein Ross, hob die Hand zum Gruß und galoppierte den Hang hinauf.

„Schnell, hinter den Busch." Adele zog Frieda hinter das Gestrüpp am Wegrand. Mit angehaltenem Atem warteten sie, bis der Ritter an ihnen vorübergesprengt war. Kurz vor Rabenfels bog er nach links, spurtete durch die Furt im Fluss und galoppierte auf der Würzburger Straße davon, bis nur noch eine Staubwolke von ihm zu sehen war.

„Was der wohl im Kloster zu suchen hatte?", überlegte Adele und die beiden Mädchen eilten den Hang hinab.

Kurz darauf klopften sie an der Pforte an. Ein kleines Holztürchen, welches im Tor eingelassen war,

wurde zur Seite geschoben und das runde Gesicht des Pförtners kam zum Vorschein.

„Wer ist da?“, fragte er.

„Edelfräulein Adelindis von Heerberg von der Burg Rabenfels“, antwortete Adele, „mit Begleitung.“

„Was wünscht ihr?“

„Wir würden gerne mit Pater Anselm sprechen“, sagte sie mutig.

„Da habt ihr Glück“, murmelte der Mönch. „Wir haben gerade unsere Andacht beendet. Pater Anselm ist in der Schreibstube.“

Die schwere Eichentür öffnete sich quietschend und der alte Pförtner ließ die Mädchen eintreten. Ein Junge in schwarzer Kutte, nur wenig älter als die

Mädchen, tauchte aus der Kammer hinter der Pforte auf.

„Kommt“, sagte er und lief zügig den Kiespfad, der zum Hauptgebäude des Klosters führte, entlang. Adele und Frieda konnten kaum Schritt halten.

„Was wollte der schwarze Ritter von euch?“, fragte Adele den Novizen geradeheraus.

„Welcher schwarze Ritter?“

„Derjenige, der kurz vor uns das Kloster verließ.“

„Ach, der ... Weiß ich auch nicht. Er besprach etwas mit dem Abt.“

„Und du hast keine Ahnung, worum es dabei ging?“, bohrte Adele weiter.

„Nur, dass es irgendetwas mit dem Kaiser zu tun hat. Sonst nichts. Sie haben unter vier Augen gesprochen.“

Adeles Gedanken rasten, sie versuchte, das Gehörte zu verarbeiten. Steckte der schwarze Ritter etwa mit den Verschwörern unter einer Decke? Und welche Rolle spielte dabei der Abt?

„Die Schreibstube“, murmelte der Novize plötzlich und hielt den beiden eine schwere Tür auf. „Bruder Anselm sitzt am hintersten Pult.“ Wortlos verschwand er.

Es dauerte eine Weile, bis sich die Augen der Mädchen an das dämmrige Licht gewöhnt hatten. Vor ihnen lag ein weitläufiger Raum, in dem Mönche an ihren Schreibpulten saßen. Bis auf das Kratzen von Gänsekielen auf Pergament war kein Geräusch zu hören.

Ein kleiner, rundlicher Mönch blickte von seinem Buch auf, legte den Federkiel auf sein Pult und schritt lächelnd auf die Mädchen zu.

„Adelindis, welch eine Überraschung." Er griff nach ihrer Hand und schüttelte sie. „Und wer ist deine Freundin hier?"

„Grüß Gott, Pater Anselm", begrüßte Adele den Mönch. „Das ist Frieda, unser Küchenmädchen."

„Und was verschafft mir diese unerwartete Freude?", wollte der Pater wissen.

„Ich habe ein Altardeckchen gestickt", erklärte Adele und reichte dem Pater das Tuch. „Für den Marienaltar."

„Hab Dank, liebes Kind." Pater Anselm betrachtete es wohlwollend. „Ich werde es an den Abt weiterreichen." Er schmunzelte. „So, und jetztsagt ihr mir, was euer eigentlicher Grund ist, mich zu besuchen."

„Pater Anselm, wir möchten uns gerne die Burgchronik anschauen."

„Aber gerne. Doch woher stammt dieses plötzliche Geschichtsinteresse?"

„Wir wollten mehr über die Burg erfahren. Vor allem jetzt, da sich der Kaiser angekündigt hat ..."

Pater Anselm nickte verständig. „Ja, ich habe schon von eurem großen Gast gehört. Wann soll er denn ankommen?"

„Übermorgen."

„Na, dann lasst uns mal die Chronik holen." Er ging auf ein Gestell an der Wand zu, auf dem unzählige in Leder gebundene, dicke Bücher lagen. Er legte eines davon auf ein freies Lesepult.

Adele und Frieda warteten gespannt.

„Hier. Seid sorgfältig beim Umblättern. Ich werde euch allein lassen." Und er ging zurück zu seinem Schreibpult.

Adele öffnete vorsichtig den schweren, ledernen Buchdeckel, auf dem eine goldene Blumengirlande und das Rabenfelser Wappen, ein Felsen und ein Rabe, eingeprägt waren.

„Schau mal diese Zeichnungen an!", rief Frieda laut und deutete auf die erste Seite der Chronik. „Die sind ja fantastisch!" Dann biss sie sich verlegen auf die Unterlippe, denn mehrere Mönche sahen vorwurfsvoll von ihrer Arbeit auf.

„Ruhe!“, gebot ein älterer Mönch und warf ihr einen strengen Blick zu.

Adele begann, leise die Chronik vorzulesen. „1086: Der edle Ritter Marquard aus dem Geschlecht der Heerbergs erbaut den Burgfried auf dem Rabenfels oberhalb des Flusses. 1087: Bauern und Fischer siedeln sich um die Burganlage am Flussufer an. 1088: Wolfsteiner Ritter greifen Rabenfels an. Die Mauer um Rabenfels wird verstärkt.“

Frieda lauschte aufmerksam, während sie die bunten Bilder in der Chronik bewunderte.

„1188: Der Edelfrau Ludmilla wird ein Sohn geboren, der auf den Namen Benno getauft wird“, las Adele den letzten Eintrag vor.

„War das alles?“, wollte Frieda wissen.

„Ja, die Geburt meines kleinen Bruders ist der letzte Eintrag“, stellte Adele fest. „Da steht nichts über einen Schatz oder einen unterirdischen Gang.“

„An den Illustrationen ist auch nichts Auffälliges“, meinte Frieda. „Die Geschichte vom Schatz ist wohl doch nur erfunden. Schade!“

„Moment mal.“ Adele blätterte ein paar Seiten zurück. „Das kann doch nicht stimmen. Es sei denn, der Schreiber hat sich vertan.“

„Was?“ Frieda betrachtete neugierig die Seiten, die Adele aufgeschlagen hatte. Aber sosehr sie sich auch anstrengte, es fiel ihr nichts Besonderes auf. „Wenn ich doch nur lesen könnte“, seufzte sie.

?

Was ist Adele aufgefallen?

Auf Schatzsuche

Der Pater beugte sich über die Chronik und untersuchte sie sorgfältig. „Wie kann das nur möglich sein? Als der Wandermönch vor ein paar Tagen hier vorbeikam, war die Chronik doch noch vollständig."

„Ein Wandermönch hat sich das Buch angesehen?"

Der Pater nickte stumm.

„Der verletzte Mönch ...", murmelte Frieda leise.

Der Pater strich noch immer sprachlos mit seinem Finger über den Falz.

„Wissen Sie, ob zwischen 1101 und 1114 auf Burg Rabenfels etwas Wichtiges geschehen ist?"

Pater Anselm überlegte. „Das war nur wenige Jahre nach dem ersten Kreuzzug. Ritter Bodo von Heerberg, dein Ururgroßvater, kehrte damals aus Jerusalem zurück – mit mehreren Jahren Verspätung, da er dort in Gefangenschaft geraten war. Die Freude auf Rabenfels war groß, denn man hatte ihn längst tot geglaubt."

Adele runzelte die Stirn. „Pater, stand irgendwo in der Chronik, dass mein Ururgroßvater von dort einen Schatz mitgebracht hat?"

„Einen Schatz?", lachte der Geistliche. „Nicht, dass ich wüsste. Aber er hat die Burg umgebaut und erweitert. Erst gab es ja nur den Burgfried und die Befestigungsmauer. Er hat den Palas errichtet und die Kapelle stammt auch aus dieser Zeit. Genau, jetzt erinnere ich mich. Auf den fehlenden Seiten war ein detaillierter Plan der umgebauten Burg abgebildet." Der Pater dachte nach. „Und es gab da auch eine Abbildung des neuen Glasfensters der Kapelle. Ritter Bodo war besonders stolz darauf, denn Rabenfels war eine der ersten Burgen der Gegend, die ihre Kapelle mit einem Glasfenster ausstattete." Dann hielt er kurz inne. „Ich glaube, es ist jetzt an der Zeit, dass ihr wieder aufbrecht. Ich selbst gehe wohl besser zum Abt, um ihm von der fehlenden Seite zu berichten." Er klappte die Chronik zu und hob das schwere Buch behutsam mit beiden Händen.

„Natürlich habe ich von dem Schatz gehört." Die Augen des Großvaters leuchteten.

Adele jubelte innerlich. Zum Glück hatte sie nach ihrer Rückkehr den Großvater gleich bei den Ställen gefunden. Er konnte ihr bestimmt weiterhelfen.

„Und?" Sie konnte es kaum erwarten, mehr zu hören.

„Mein Großvater, Ritter Bodo, verstarb ein Jahr vor meiner Geburt", begann der Großvater geheimnisvoll.

„Ich habe die Geschichte also nie persönlich von ihm gehört, doch Almut, die alte Zofe meiner Mutter, hat sie mir erzählt. Bodo soll aus dem Heiligen Land unermessliche Schätze und Reichtümer mitgebracht haben. Da Rabenfels damals oft von Raubrittern angegriffen wurde, hat er den Schatz an einem geheimen Ort versteckt. Doch bevor er irgendjemandem erzählen konnte, wo er den Schatz versteckt hatte, starb Bodo. Allerdings ging ein Gerücht herum, dass es in der Burgkapelle einen unterirdischen Gang gäbe, der tief in den Burgberg führt. Manche sagen, dass dort ein Feuer speiender Drache den Schatz bewacht."

Der Großvater legte eine Hand auf Adeles Schulter. „Aber eines kannst du mir glauben. Gäbe es einen Schatz, hätte ich ihn längst gehoben."

In diesem Moment erklang vom Wachturm her ein Trompetensignal.

„Wer das wohl ist?“ Adele spähte neugierig aus einem der Fenster. Unten im Burghof war das übliche Treiben, doch plötzlich strömten alle, wie durch magische Kräfte gezogen, zum Tor. Die Fanfare erklang abermals.

„Der Kaiser!“

Adele stürzte, immer zwei Stufen auf einmal nehmend, die Treppe hinab und rannte im Eiltempo auf den Burghof hinaus. Frieda, die mit dem gesamten Küchenpersonal aus dem Küchenanbau getreten war, schlüpfte zu Adele.

Plötzlich durchzog ein Raunen den Burghof. Ein älterer Mann in seidenem Gewand, hoch zu Ross, ritt durch den Torbogen: der Kaiser! Alle – Burgbewohner, Gesinde und Gäste – sanken nieder. Der Kaiser hob dankend die Hand und gab mit einem Zeichen zu verstehen, dass sich seine Untertanen wieder erheben sollten.

„Der trägt ja nicht einmal eine Krone“, bemerkte Frieda leise. „Und wo ist eigentlich sein Hofstaat?“ Ein weiterer Reiter zog durchs Tor, gefolgt von einem Packpferd und einer fröhlichen Jungenschar aus dem Dorf.

„Vielleicht warten die draußen auf dem Turnierplatz?", schlug Adele vor.

Ritter Oswald trat auf den Kaiser zu und verbeugte sich tief.

„Herzlich willkommen auf unserer bescheidenen Burg, Eure hochwohlgeborene Majestät", begrüßte er den Mann. „Wir hoffen, dass Ihr Euch hier wohlfühlen werdet."

„Das werde ich mit Gewissheit", antwortete der Kaiser lächelnd und ließ sich von seinem Knappen

vom Pferd helfen. Ritter Oswald geleitete den ehrwürdigen Gast die Steinstufen zum Palas hinauf.

Hannes und Ulrich gesellten sich zu den Mädchen.

„Na, was haltet ihr von unserer hochwohlgeborenen Majestät?“, grinste Ulrich.

„Ich weiß nicht so recht. Er schaut wie ein ganz normaler Mann aus. Ich habe mir alles etwas prunkvoller vorgestellt.“ Frieda war enttäuscht.

„Wisst ihr, wo er seinen Hofstaat gelassen hat?“, fragte Adele.

Ulrich blickte sie erstaunt an. „Den haben wir nie hier erwartet“, erklärte er ihnen. „Der ist nach Würzburg vorausgeritten. War von Anfang an so geplant. Nur der Kaiser und sein Knappe wurden uns angekündigt.“

„Und was ist mit seiner Krone und den Reichsinsignien?“, wollte Frieda wissen.

„Glaubst du ernsthaft, der Kaiser zieht mit seiner goldenen Krone auf dem Kopf und dem Reichsapfel in der Hand durchs Land?“ Ulrich schaute das Küchenmädchen staunend an. „Das würde doch Räuber nur so anlocken. Nein, seine Reichsinsignien werden auf Burg Trifels sicher aufbewahrt.“

„Na, wenigstens hat er einen roten Bart“, meinte Adele.

„Ja." Hannes lachte. „Nicht umsonst heißt er Barbarossa."

„Wie bitte?", fragte Adele nach.

„Barbarossa. So nennen ihn die Italiener. Das bedeutet auf Italienisch Rotbart. So, und jetzt muss ich zurück zu meiner Arbeit."

„Ich auch", sagte Frieda und wollte schon Richtung Küche laufen.

„Moment mal", rief Adele die beiden zurück. „Nicht, bevor ich euch Großvaters Geschichte erzählt habe", und sie erzählte die Legende vom Schatz im Burgberg, zu dem von der Kapelle aus ein unterirdischer Gang führen sollte.

„Aber ich habe die Kapelle heute früh ganz genau durchsucht", gab Hannes zu bedenken. „Da war absolut nichts Verdächtiges zu finden."

„Hannes!", kam da eine Stimme von der Schmiede her. „Auch wenn der Kaiser hier unter uns weilt, bedeutet das noch lange nicht, dass du dich auf die faule Haut legen kannst!"

„Ich komme ja schon", antwortete Hannes und rannte zur Schmiede.

„Ich muss auch zurück zur Küche. Jetzt, wo der Kaiser zwei Tage früher angekommen ist, wird die Köchin endgültig durchdrehen." Auch Frieda lief los.

„Tja“, stöhnte Ulrich. „Da wird mir wohl nichts anderes übrig bleiben, als Ritter Oswalds Rüstung weiter auf Hochglanz zu polieren.“

„Und der Schatz?“, protestierte Adele. „Oder der Mörder, der frei auf Burg Rabenfels herumläuft und der jeden Augenblick zuschlagen kann?“

„Nun komm schon“, beruhigte sie ihr Cousin. „Zerbrich dir nicht weiter den Kopf. Wir können im Moment sowieso nichts unternehmen.“ Ohne Eile schlenderte er zum Stall.

„Ein Schatz im Burgberg?“, lachte der Schmied, als ihn Hannes wenig später während der Arbeit ausfragte.

„Lass dir nur keinen Bären aufbinden." Er tauchte ein fertiges Hufeisen in einen Bottich mit Wasser, dass es nur so zischte.

„Heb das Hinterbein der Stute hoch!", befahl er seinem Lehrjungen. „Mal sehen, ob es passt." Er hielt das Eisen an den Huf und überprüfte den Sitz. „Wie angegossen!"

„Und der unterirdische Gang", bohrte Hannes weiter. „Gibt es den vielleicht?"

„Du meinst den geheimen Versorgungsgang?", murmelte der Schmied, während er nach Hammer und Nägeln griff. „Ja, den gibt es."

Hannes Herz schlug bis zum Hals. „Weißt du, wo?", fragte er aufgeregt und ließ dabei beinahe das Bein des Pferdes los.

„Pass auf, sonst rutsche ich noch mit dem Hammer aus", mahnte ihn der Schmied und begann, das neue Eisen auf den Huf zu nageln. „Der Gang ...", fuhr er fort. „Ehrenwort, dass du niemandem ein Wort darüber erzählst."

„Ehrenwort", versprach Hannes aufgeregt.

„Feinde dürfen nichts davon erfahren, für den Fall, dass Rabenfels belagert wird", sagte er erklärend. „In Notfällen, wenn die Burg belagert wird, kann man durch den Gang die Burgbewohner versorgen. Wenn es gar nicht mehr anders geht, kann man den Belagerern auch durch den Gang entrinnen."

„Und wo ist der?" Hannes schaffte kaum noch, das Bein der Stute ruhig festzuhalten.

„Hinterm Altar in der Kapelle ist eine bewegliche Steinplatte." Der Schmied musterte das Hufeisen und den Pferdehuf. „Passt", stellte er zufrieden fest und tätschelte die Stute am Hals. „Ein braves Mädchen bist du."

Und zu Hannes gewandt, fuhr er fort: „Du kannst sie in den Stall führen und striegeln." Hannes wollte schon losziehen. „Aber dass du mir ja nicht auf den Gedanken kommst, nach dem Gang zu suchen. Man kann sich darin leicht verirren und findet niemals wieder heraus. Außerdem, wer weiß, vielleicht haust dort ja wirklich ein Feuer speiender Drache." Lachend legte er noch ein paar mehr trockene Holzscheite aufs Feuer.

Der Lehrjunge packte das Pferd am Zügel und zog es eilig zum Stall, wo er auf Ulrich stieß, der gerade Ritter Oswalds Rüstung fertig geputzt hatte.

„Was?" Der Pagenjunge glaubte Hannes kein Wort. „Aber du hast doch selbst gesagt, dass du in der Kapelle nichts finden konntest."

„Stimmt, aber ich habe den Boden nicht nach beweglichen Steinplatten abgesucht. Komm, lass uns hingehen und nochmals nachschauen."

Ulrich blickte sich vorsichtig im Stall um. Bis auf die Pferde war niemand zu sehen. „Na, dann los. Vielleicht stimmt die Geschichte ja doch", und sie rasten über den Burghof zur Kapelle.

„Und wo soll die bewegliche Steinplatte sein?", fragte Ulrich, als sie den Raum betraten.

„Hinterm Altar", rief Hannes und rannte darauf zu. Er schrie laut auf: „So ein Mist, wir sind zu spät!"

„Was?" Ulrich blickte Hannes über die Schulter. Ein dunkles Loch starrte ihm entgegen. Die bewegliche Steinplatte lag seitlich daneben. „Ich kann es nicht glauben, die waren vor uns hier!"

„Warte mal – man kann sie sogar noch hören."

Tatsächlich, aus der Tiefe drang das Echo dumpfer Stimmen empor. Ulrich begann, den Eingang zu untersuchen. „Los, wir müssen schnell hinterher", meinte er.

Hannes schüttelte seinen Kopf. „Nein, auf keinen Fall. Der Schmied hat mich ausdrücklich davor gewarnt. Wir könnten uns verirren und nie wieder herausfinden." Er überlegte. „Wenn wir nur wüssten, wo der Gang hinführt."

„Moment mal." Ulrich hatte eine Zeichnung am

Eingang des Ganges entdeckt. „Das sieht wie ein Plan des Ganges und der Gegend aus.“

Hannes nickte aufgeregt. „Ja, hier sind der Fluss und das Dorf und der Turnierplatz.“ Er überlegte einen Augenblick. „Ich weiß, wo der Gang herauskommt“, verkündete er schließlich. „Komm, wir gehen zu der

Stelle und fangen dort die Schatzsucher mit ihrer Beute ab."

„Genau das wollte ich eben auch vorschlagen", grinste Ulrich. „Vorher sollten wir allerdings den Eingang hier versperren, damit der Bande der Rückweg verschlossen bleibt."

„Gute Idee." Und mit vereinten Kräften schoben sie die Platte zurück auf die Öffnung.

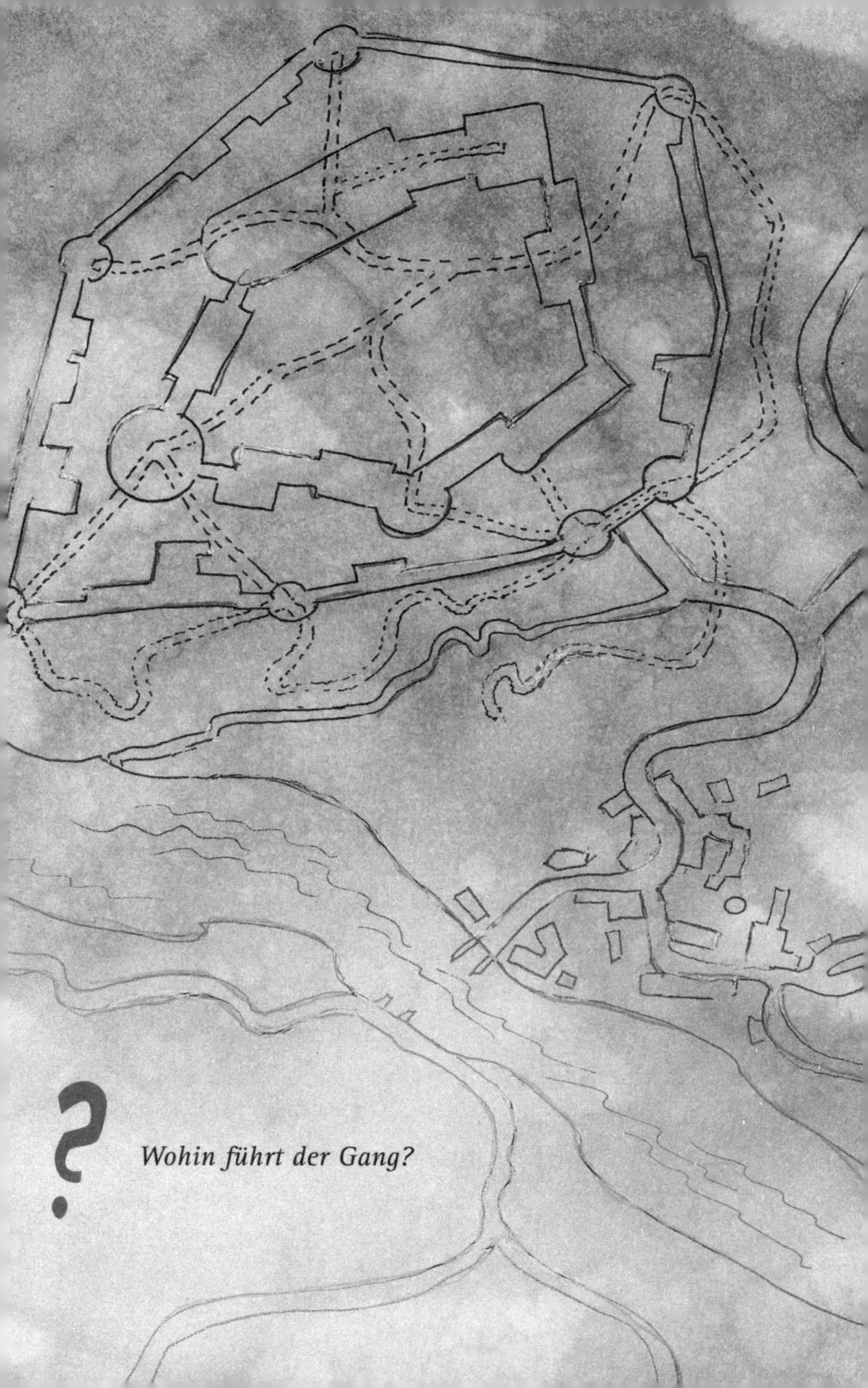

? *Wohin führt der Gang?*

Adele macht eine Entdeckung

Hannes und Ulrich liefen, so schnell sie konnten, zum Turnierplatz, der neben dem Steilhang der Burg lag. Der Platz war bereits für das morgige Turnier geebnet worden. Man hatte ihn mit Sand und Stroh bestreut, damit die Getroffenen auch weich fielen und sich nicht verletzten. An der Längsseite des Platzes, genau dem Hang gegenüber, waren Zimmerleute gerade dabei, eine Tribüne zu errichten. Man konnte ihr Hämmern und Klopfen schon von Weitem hören.

„Dort oben“, Hannes zeigte auf den Hang, „kommt hinter den Ginsterbüschen der Gang heraus.“

„Ist das nicht komisch“, keuchte Ulrich, „dass wir den Ausgang nicht schon eher bemerkt haben?“

„Stimmt – aber wer vermutet schon einen Geheimgang hinter gewöhnlichen Büschen? Komm, wir müssen uns verstecken, bevor die Bande mit ihrer Beute auftaucht.“ Die beiden Jungen duckten sich hinter einem Felsen in der Nähe des Ausgangs.

„Ich hatte keine Ahnung, wie viele Gäste zu dem Turnier nach Rabenfels gekommen sind“, stellte

Hannes staunend fest. „Schau dir mal all die Zelte an, die man hier für sie aufgestellt hat!"

Ulrich nickte. „Ja, als ich gestern mit Ritter Oswald hierher zum Üben kam, waren erst halb so viele Leute da. Weißt du eigentlich, dass auch der Kaiser zum Gefecht antreten will?"

„Tatsächlich? Na, das darf man sich wirklich nicht entgehen lassen. Gegen wen ..." Hannes brach seinen Satz aufgeregt ab. „Da oben tut sich was!"

Ein Mann mit langen Haaren und einem Bart kam hinter den Büschen hervor. „Verdammt noch mal!", fluchte er. „Jemand ist uns zuvorgekommen."

Hinter ihm tauchte eine Frau auf. „Ich frage mich nur, wer?"

„Also ich tippe auf Neidhardt", stellte eine dunkle Gestalt fest, die hinter der Frau aus dem Gang kam. „Der sitzt jetzt dort oben und lacht sich ins Fäustchen."

„Nein", der Mann mit den langen Haaren schüttelte den Kopf, „der liegt immer noch flach."

„Und was jetzt?"

„Keine Ahnung. Lass uns erst mal hoch in die Burg gehen und uns was zum Essen besorgen. Ich bin am Verhungern. Und dann müssen wir Fritz informieren." Die kleine Gruppe zog den Weg zur Burg hoch.

Sobald die Bande verschwunden war, stand Ulrich auf und streckte die Glieder. „Sieht so aus, als gäbe es doch keinen Schatz."

Hannes nickte nachdenklich. „Ja, vielleicht sollten wir uns darauf konzentrieren, den Mann zu stellen, der den Kaiser ermorden will."

„Genau", stimmte Ulrich ihm zu, „und ich weiß auch schon, wie."

Erstaunt blickte Hannes den Freund an. „Und?"

„Ganz einfach. Wir stellen der Bande eine Falle und lassen sie unerwartet zuschnappen."

„Und wie willst du das anstellen?"

„Wir locken sie ins Burgverlies. Dort sind sie sicher aufgehoben, bis der Kaiser Rabenfels verlässt."

„Hervorragende Idee!" Hannes war begeistert. Doch dann zögerte er. „Und wie sollen wir die Verbrecher ins Verlies locken?"

„Keine Ahnung", gab Ulrich kleinlaut zu. „Vielleicht haben die Mädchen ja eine Idee? Treffpunkt Schweinestall!"

„Es gibt nur ein Problem“, erklärte Ulrich Adele und Frieda nach dem Abendessen an ihrem Treffpunkt hinterm Schweinestall. „Wir wissen noch nicht, wie wir die Bande in die Falle locken können.“

„Na, das ist doch einfach!“ Adele grinste. „Wir schlagen sie mit ihren eigenen Waffen.“

„Was?“ Ulrich sah seine Cousine fragend an.

„Wir müssen nur ein Lied dichten, in dem jedes siebte Wort eine Bedeutung hat. Lasst mich mal überlegen.“ Adele dachte stirnrunzelnd nach. „Genau, ich habe es. Wir brauchen die Worte – geschwind – treffen – Verlies – Schatz – Rabenfels – gefunden und – bauen sie in ein Lied ein.“

„Und wer soll es singen? Doch nicht etwa Hannes oder Ulrich“, kicherte Frieda.

„Wer eignet sich da besser als Wolfram, der Verehrer meiner Schwester. Der lässt sich bestimmt dazu überreden. Vor allem wenn ich ihm sage, dass, falls er es nicht tut, ich Vater davon berichte, dass er Engeltrud heimlich im Garten trifft und küsst.“

„Das ist Erpressung“, stellte Hannes fest.

„Gut möglich – doch um den Kaiser zu retten, darf man sicher auch ein bisschen erpressen, oder?“

„Na, worauf warten wir noch?“, rief Ulrich.

Später am Abend, als die Burgbewohner und ihre Gäste sich in ihren Betten und Strohlagern für die Nacht ausstreckten, ertönte unten im Burghof der Klang einer Laute, die von einer wohlklingenden Stimme begleitet wurde.

„Liebchen, zu dir gehen will ich geschwind,
Doch wie nur könnte ich dich treffen?
Bin in fernem Lande gefangen im Verlies.
Kann nicht zu dir, mein liebster Schatz.
So weit, so weit von Burg Rabenfels,
Wo ich unglücklicher Ritter habe Liebe gefunden.“

Zur gleichen Zeit trafen sich die vier Detektive im Untergeschoss des Bergfrieds. Von dort führte eine Falltür ins Verlies.

„Psst“, flüsterte Adele. „Seid doch leise, sonst hört euch der Turmwächter.“

„Ja“, stimmte ihr Frieda zu. „Lasst uns die Falltür öffnen. Wenn alles nach Plan geht, müsste die Bande jeden Augenblick auftauchen.“

Mit vereinten Kräften zogen sie an dem Eisenring der Falltür. Ein modriger Geruch schlug den Detektiven entgegen.

„Hört ihr das?“ Adele lauschte. Unten aus der Tiefe konnte man Rascheln und leises Piepsen vernehmen. „Sind das Ratten?“

„Klingt fast so“, grinste Ulrich. „Oder der Geist eines vergessenen Gefangenen, der dort unten verhungert ist.“

„Unsinn. Kommt, wir verstecken uns besser und blasen das Licht aus.“

Dicht an die kühle Mauer gedrängt, warteten sie auf die Verbrecher.

„Die scheinen unseren Köder wohl doch nicht geschluckt zu haben“, meinte Hannes nach einer Weile und rieb sich enttäuscht die kalten Hände.

„Psst, seid still“, flüsterte Frieda.

Tatsächlich, man konnte gedämpfte Stimmen und das Knarzen von Holz hören, als jemand die Stufen zum Bergfried hochstieg. Kurz darauf strich das flackernde Licht einer Laterne suchend durch den Raum.

Die Detektive rückten noch enger zusammen.

„Hier ist der Eingang“, wisperte eine Männerstimme. Es war der Mann mit den langen Haaren, der sich übers Angstloch beugte und mit seiner Laterne das Verlies ausleuchtete. „Kann nichts sehen. Kommt, wir prüfen, ob der Schatz da unten ist“, und er begann, die Strickleiter hinabzuklettern. Die anderen folgten ihm. Als der Letzte der Bande im Loch verschwunden war, knotete Ulrich die Leiter los, die in die Tiefe plumpste. Zusammen mit Hannes hob er die Falltür und ließ sie donnernd zufallen. „Geschafft“, atmete er erleichtert auf. „Die kommen nicht wieder raus.“

Die Burg erwachte am nächsten Morgen bei strahlendem Sonnenschein. Überall herrschte reges Treiben. Niemand, nicht einmal der Turmwächter oder seine Kollegen, hörte die dumpfen Schreie, die aus dem Verlies im Bergfried drangen. Burgbewohner und Gäste hatten nur das Turnier im Sinn.

Edelfrau Ludmilla lief aufgeregt zwischen dem großen Saal und dem Küchenanbau hin und her, um letzte Vorbereitungen für das Festmahl zu treffen.

„Blumen“, murmelte sie vor sich hin. „Hier fehlen Blumen. Adele!“

„Ja, Mutter?“ Adele gähnte.

„Könntest du bitte in den Garten gehen und Blumen pflücken? Ich weiß, es gibt noch nicht viele, schau einfach, was du finden kannst. Der Platz des Kaisers braucht unbedingt noch etwas Schmuck. Meinst du nicht auch?“

Adele nickte und gähnte abermals.

„Ach ja, und während du dabei bist, bringe auch ein paar Blümchen in die Kapelle.“

Als Adele kurz darauf mit einem Blumenstrauß und einem Tonkrug in den Händen in der Burgkapelle stand, schweifte ihr Blick über die schlichten Fresken an den Wänden. Ob es hier wohl einen Hinweis auf den Schatz gab?

„Nur Heiligenfiguren“, murmelte sie enttäuscht vor sich hin, als sie die Wandbilder genauer betrachtete. Da war der heilige Georg, der Patron der Ritter und Pferde. Auf der anderen Seite der heilige Christophorus mit dem Jesuskind auf der Schulter. Adeles Blick fiel auf das bunte Glasfenster. Sie hatte es sich schon oft während langweiliger Andachten angesehen. Um das Rabenfelser Wappen – ein Rabe, der auf einem Felsen saß – rankten sich bunte Blumengirlanden. Der Rand war mit kleinen Wappen verziert.

„Ich glaube, ich spinne!“, rief sie plötzlich und ihre Stimme hallte gespenstisch in der leeren Kapelle wider. Mit einem lauten Krachen landete der Krug auf dem Boden. Scherben und Blumen lagen über die Steinplatten verstreut.

Aufgeregt kramte Adele in ihrem Beutel, den sie immer am Gürtel trug. „Wo ist es denn?“ Endlich, ganz zuunterst, fand sie das zerknitterte Stück Pergamentpapier, das Ulrich im Sand neben dem verletzten Mönch gefunden hatte. Vorsichtig faltete sie den Zettel auseinander.

„Wenn das erste Wappen auf dem Zettel ein A sein soll und das letzte ein Z, dann ist das zweite doch sicherlich ein B und das nächste wohl ein C“, überlegte sie laut und begann fieberhaft, die Wappen auf dem Papier mit den Wappen auf dem Glasfenster zu vergleichen. „Dass mir das nicht eher aufgefallen ist“, murmelte sie. Es dauerte nicht lange und sie hatte den Text entschlüsselt.

Wie lautet die Nachricht?

Turnier mit Hindernissen

„Ich habe dich überall gesucht!" Adele blickte Ulrich vorwurfsvoll an, als sie ihn endlich am Turnierplatz fand. „Frieda hat keine Zeit. In der Küche herrscht Chaos. Und bei Hannes in der Schmiede geht es auch zu wie verrückt. Ulrich, ich muss unbedingt mit dir sprechen."

„Keine Zeit", erwiderte der Pagenjunge kurz. „Ich muss Ritter Oswald helfen, seinen Kettenpanzer anzulegen."

„Ulrich, es ist wichtig!"

„Tut mir leid." Der Junge eilte auf die runden Rüstungszelte zu, die für die Ritter am Rande des Turnierplatzes als Umkleidekabinen aufgestellt worden waren. Bevor Adele noch etwas erwidern konnte, verschwand er im Zelt der Heerbergs, über dem ein Fähnchen in den Rabenfelser Farben leicht im Wind flatterte. Adele rannte hinterher. Vor dem Eingang hielt sie inne und betrachtete das Familienwappen, das am Zeltdach befestigt war.

„Schon wieder der Rabe", murmelte sie und zuckte ratlos mit den Schultern. „Das Auge des Raben wacht für immer und ewig über den Schatz." Vielleicht wusste ja der Vater, was dieser Satz zu bedeuten hatte. Vorsichtig zog sie die Plane, die den Eingang verhängte, beiseite und spähte ins Zelt. Ihr Vater stand dort im Unterkleid und Ulrich half ihm gerade, in ein gepolstertes Wams zu schlüpfen.

„Der Kettenpanzer", befahl Ritter Oswald und der Junge begann, ihm das schwere, schlüpfrige Panzerhemd, das aus unzähligen kleinen Eisenringen bestand, über den Kopf zu ziehen.

„Ich glaube, der Kettenpanzer ist geschrumpft", brummte Ritter Oswald. Ulrich zerrte und zog an dem Hemd, bis es schließlich straff über dem Bierbauch des Ritters saß. Danach reichte er ihm die Haube aus eisernen Maschen, die auf den Kopf kam, warf ihm den Waffenrock, der mit dem Rabenfelser Wappen bestickt war, über und stülpte ihm den eisernen Topfhelm mit dem Federbusch auf.

„Nur noch die Sporen fehlen", stellte Ritter Oswald fest, der seine Tochter immer noch nicht bemerkt hatte. Ulrich befestigte die eisernen Bügel an den Stiefelabsätzen.

„Und? Was meinst du, Ulrich?" Oswald spazierte stolz wie ein Pfau im Zelt auf und ab. Erst dann sah er Adele, die immer noch neugierig zwischen den Planen des Zelteinganges hindurchblickte.

„Was machst du denn hier? Das Turnier wird bald beginnen."

„Vater, der Rabe ...", wollte Adele wissen. Doch der Vater unterbrach sie.

„Du bist hier nur im Weg."

„Aber ..."

„Keine Diskussionen, liebe Tochter. Dazu habe ich nun wirklich keine Zeit", befahl er und betrachtete Adele streng durch die schmalen Augenschlitze seines Helmes. „Wo ist mein Schild, Ulrich?“ Und Adele entschloss sich, mit ihrer brennenden Frage doch bis nach dem Turnier zu warten. Leise glitt sie aus dem Zelt und schlenderte Richtung Tribüne.

Wenig später saß sie neben ihrer Schwester Engeltrud auf der Tribüne. Trompeten erschallten. Das Gemurmel der Zuschauer verstummte. Am Schmalende der Rennbahn waren die Ritter versammelt, die dort auf ihren tänzelnden Rössern warteten. Dann schritt ein Herold mit einer Urkunde in der Hand auf den Platz und begann, mit lauter Stimme Namen vorzulesen.

„Der ehrenwerte Ritter Oswald von Heerberg, der ehrenwerte Ritter Lothar von Frundsberg, der ehrenwerte Ritter Kunibert von Tiefenthal ...“, kündigte er die Ritter an, die an dem Tjost teilnehmen wollten. Sie boten einen prächtigen Anblick, als sie in ihren glänzenden Rüstungen auf den festlich geschmückten Kampfrössern an der Zuschauertribüne vorüberzogen. Die bunten Wappen auf den Schilden, die bestickten Waffenröcke und Schabracken funkelten in der Sonne.

„Wie gut“, meinte Adele zu Engeltrud, „dass die Ritter ihre Familienwappen mit sich herumtragen. Wenn sie nur ihre Kettenpanzer und Helme anhätten, da wüssten wir überhaupt nicht, wer gegen wen kämpft.“

„Sei doch endlich still und hör zu, wen der Ausrufer ankündigt“, rügte sie ihre Schwester.

Die Zahl der Ritter, die vorüberzogen, schien unendlich. Wenn die Männer doch endlich mit dem Kampf beginnen würden!

„... der ehrenwerte Ritter Egbert von der Henneburg und unser besonderer Ehrengast, Seine Majestät Kaiser Friedrich“, stellte der Herold schließlich die letzten beiden Ritter vor. Ringsherum erschallten Hochrufe und Freudenschreie. Und der Herold fuhr fort: „Bevor der Kampf beginnt, noch die Regeln des Tjosts. Die ehrenwerten Ritter treten jeweils im Zweikampf gegeneinander an und versuchen, sich mit stumpfen Lanzen von den Rössern zu stoßen. Sieger ist derjenige, dem es zuerst gelingt, seinen Gegner aus dem Sattel zu heben ...“

„Jeder kennt die Regeln“, stöhnte Adele. „Ich weiß nicht, wieso sie bei jedem Turnier immer wieder vorgetragen werden.“

Engeltrud tat so, als hätte sie nichts gehört.

Endlich, es war so weit! Trompeten schmetterten, Posaunen und Hörner ertönten, und die ersten zwei Ritter stellten sich gegenüber, jeweils am Ende des Rennplatzes, in Position. Beide hielten ihre Lanzen und ihre Schilde fest in der Hand. Die Pferde tänzelten, jeden Augenblick bereit loszugaloppieren.

„Das sind Vater und Ritter Lothar!“, rief Adele begeistert. „Vater muss gewinnen!“

Unten am Rand des Platzes konnte sie jetzt auch Ulrich sehen, der dort statt des Knappen wartete.

Da blies der Trompeter die Fanfare, das Startzeichen, und die beiden Ritter gaben ihren Pferden die Sporen. In rasendem Tempo sprengten sie aufeinander zu. Adele hielt die Luft an. Mit einem lauten Krachen galoppierten die Reiter aneinander vorbei. Ritter

Oswalds Lanze war in unzählige Splitter zerborsten, doch er saß im Sattel. Adele atmete erleichtert auf. Ulrich lief bereits heran, um seinem Onkel eine neue Lanze zu reichen. Und schon galoppierten die Turniergegner abermals aufeinander zu. Wieder krachten die Lanzen. Adele starrte wie gebannt auf die Ritter. Alles ging so schnell, dass man kaum erkennen konnte, was genau geschah.

„Ritter Oswald, Ritter Oswald!", feuerte Adele ihren Vater an. Plötzlich brach tosender Beifall aus. Es war Ritter Oswald gelungen, seinen Gegner mit einem heftigen Stoß aus dem Sattel zu heben. Ritter Lothar von Frundsberg lag mitsamt seinem Ross im Sand der

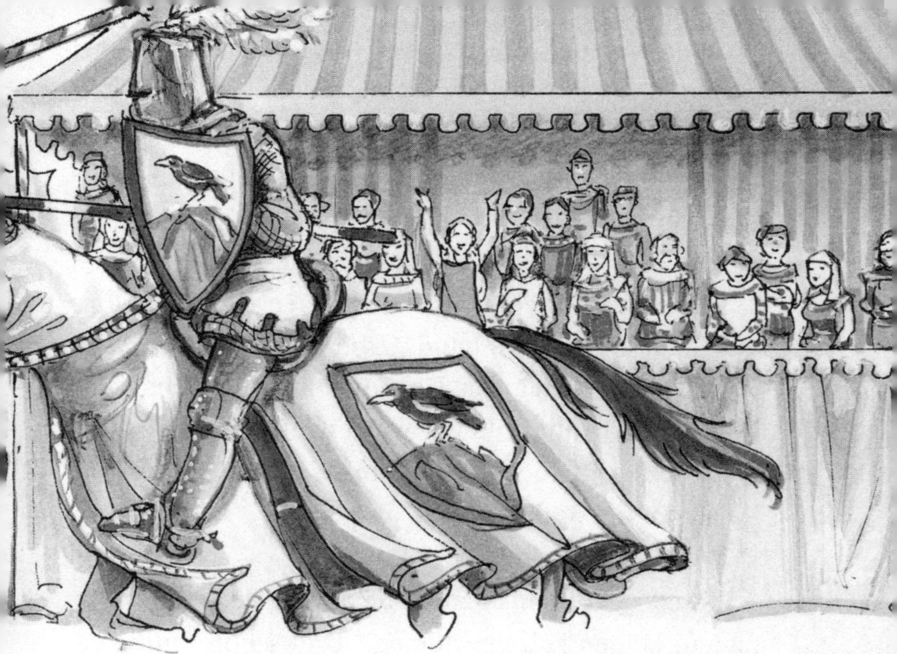

Rennbahn. Sein Knappe eilte herbei, half ihm aufzustehen und zerrte den hinkenden Mann zum Rand des Spielfelds.

Adele jubelte. Das Kampffieber hatte sie gepackt und das Glasfenster der Kapelle war, zumindest für den Augenblick, vergessen.

Das nächste Ritterpaar trat an. Wieder gab man den Pferden die Sporen, Reiter sprengten aufeinander zu, Staubwolken wirbelten auf, Lanzen zersplitterten, Schilde krachten und Reiter stürzten zu Boden. Für Edelfrau Ludmilla und die alte Grete, die sich um die Verletzten kümmerten, gab es viel zu tun. Denn obwohl die Waffen stumpf waren und nicht töten konnten, gab es trotzdem genug Möglichkeiten, sich beim Sturz vom Pferd zu verletzen.

„Ritter Oswald hat hervorragend gekämpft“, meinte Hannes zu Ulrich, während er einen Hafersack um das Maul des Pferdes band. „Und du hast dich tapfer gehalten“, lobte er das Tier und tätschelte ihm den Nacken. „Ich muss gleich wieder los, um Hafer für die anderen Pferde zu besorgen. Weißt du, wann der Kaiser an der Reihe ist?“

„Vermutlich bald.“

„Dann spute ich mich wohl besser, denn das will ich auf keinen Fall versäumen.“ Und schon rannte er davon.

„Hannes“, rief Ulrich ihm nach, als Trompetenfanfaren den nächsten Tjost ankündigten. „Warte! Er ist jetzt schon dran.“ Doch Hannes war bereits außer Hörweite.

Die Zuschauer jubelten, als der Kaiser auf seinem prächtigen Kampfross an der Tribüne vorüberzog. Er grüßte nickend und stellte sich in Startposition. Ritter von der Henneburg platzierte sich ihm gegenüber. Ein Trommelwirbel erklang. Danach war es mucksmäuschenstill. Ulrich blickte sich um. Ob Hannes rechtzeitig zurückkommen würde? Er ließ seinen Blick über den Rennplatz, die Tribüne und die Rüstungszelte schweifen. So sehr er sich auch anstrengte, er konnte den Freund nirgendwo entdecken.

„Was ist denn das?“, stammelte er plötzlich. „Das darf doch nicht wahr sein!“ Der Kaiser durfte auf keinen Fall kämpfen. „Halt!“, rief er laut in die Stille hinein.

? *Was ist Ulrich aufgefallen?*

Das Glasfenster

„Halt!“, schrie Ulrich abermals, sprang mit einem Satz über die Eingrenzung des Turnierplatzes und stellte sich mit ausgestreckten Armen vor den Ritter von der Henneburg, der gerade zum Start ansetzte. Das braune Kampfross bäumte sich wiehernd auf.

Ein Raunen ging durch die Zuschauermenge. Einige Edeldamen schrien schrill auf.

„Ulrich!“, ertönte da Ritter Oswalds strenge Stimme. „Bist du von Sinnen? Verschwinde sofort von der Rennstrecke!“

Doch Ulrich wich keinen Schritt. „Der Ritter Egbert von der Henneburg will den Kaiser ermorden!“, rief er. „Der Mann hat eine scharfe Waffe. Nach den Regeln dieses Turniers sind nur stumpfe Waffen zugelassen.“

Ritter Oswald blickte auf die Lanze und reagierte blitzschnell. Er gab den Wachmännern, die am Rande des Platzes auf ihren Pferden das Geschehen beobachteten, ein Zeichen. Sie galoppierten sofort auf Ritter Egbert zu. Doch der Ritter gab in diesem Moment seinem Pferd die Sporen und setzte zum Sprung an. Mit einem riesigen Satz sprang das Pferd über Ulrich hinweg. Ritter Egbert raste auf den Kaiser zu, der starr auf seinem Pferd saß. Im letzten Augenblick, als Egbert seine Lanze auf den Kaiser ansetzte, erreichten ihn die Wachmänner. Sie rissen ihn aus dem Sattel und überwältigten ihn. Inzwischen hatte den Kaiser Panik ergriffen. Er galoppierte auf die Dorfstraße zu.

Adele, die vor Anspannung von ihrem Sitz aufgesprungen war, blickte ihm verwundert nach. Aus den Augenwinkeln nahm sie eine Gestalt wahr, die sich aus der Menge der aufgebrachten Ritter löste und dem Kaiser nachsetzte.

„Der schwarze Ritter!“, schrie sie aufgebracht.

„Er hat es auf den Kaiser abgesehen!“ Doch niemand hörte sie. Alle starrten wie gebannt auf Egbert von der Henneburg. Der Großvater kam mit riesigen Schritten auf den Ritter zugelaufen.

„Egbert!“, rief er empört. „Wie kannst du mich so enttäuschen? Ich dachte, wir sind alte Freunde! Welche Schande!“ Er riss dem Ritter den Helm vom Kopf. Vor Schreck starrte er den Mann mit offenem Mund an. Vor ihm, in der Rüstung des Ritters von der Henneburg, stand der Mönch, der eigentlich oben in der Burg im Bett liegen sollte.

In diesem Augenblick kam Hannes angelaufen. Keuchend stieß er hervor: „Der Herr Ritter Egbert von der Henneburg und sein Knappe liegen gefesselt in ihrem Rüstungszelt!“ Und zögernd fuhr er fort: „Der Ritter trägt nur sein Unterkleid. Er sagt, ein Mönch habe ihm seine Rüstung geklaut.“

„Na, das erklärt ja einiges“, brummte der Großvater, der sich inzwischen wieder gefangen hatte.

„Großvater!“, rief Adele aufgebracht. „Der Kaiser …“

„Schon gut, mein Kind“, beruhigte sie der Großvater. „Du brauchst dir keine Sorgen zu machen. Ist alles unter Kontrolle. Wir werden den Mann ins Verlies werfen, da kann er keine Dummheiten mehr machen.“

„Nein.“ Adele schüttelte heftig ihren Kopf. „Ich

meine den schwarzen Ritter dort drüben.“ Alle Blicke folgten Adeles Zeigefinger.

Niemand außer ihr hatte bemerkt, wie der Ritter den Kaiser im Zweikampf von seinem Pferd gestoßen und ihn in Fesseln gelegt hatte. Nun trabte er mit ihm im Schlepptau zurück zum Platz.

Der Großvater und Ritter Oswald stürzten auf den schwarzen Ritter zu und wollten ihn gerade gewaltsam aus dem Sattel ziehen, als dieser beschwichtigend seine Hand hob.

„Nur ein kurzes Wort“, bat er und zog seinen schwarzen Helm mit einem Ruck vom Kopf. „Mein Name ist Günther Wenzel. Ich bin Geheimagent unserer ehrenwerten Majestät Kaiser Friedrichs. Ich würde dem wahren Kaiser niemals ein Haar krümmen.“

„Was soll dann dieses Theater?“, fuhr ihn Ritter Oswald an.

„Der wahre Kaiser hält sich in diesem Augenblick in Würzburg auf. Er wird in den nächsten Tagen nach Regensburg weiterreisen. Von dort aus plant er, am 11. Mai nach Jerusalem zu ziehen.“

„Der Kaiser in Würzburg?“ Der Großvater schaute den schwarzen Ritter irritiert an. „Wie kann er denn an zwei Plätzen gleichzeitig sein? Das geht doch nicht mit rechten Dingen zu.“

„Richtig“, erklärte Günther Wenzel. „Dieser Mann hier ist ein Hochstapler. Wir sind ihm und seiner Bande bereits seit einigen Monaten auf der Spur. Er zieht von Burg zu Burg, gibt sich als Kaiser aus und nützt die Gastfreundschaft der Burgbesitzer aus. Sein Name ist Friedrich von Grumbach, von seinen Freunden kurz Fritz genannt.“

„Der Wolf im Schafspelz“, murmelte Hannes leise. Ulrich nickte.

„Und der Mönch?“, fragte Ritter Oswald, „Was hat der mit der Sache zu tun?“

„Der Mönch ist gar kein Mönch. Er hört auf den bürgerlichen Namen Neidhardt Schütz. Auch er gehört zu der Bande. Drei weitere Mitglieder, zwei Männer und eine Frau, treiben sich ebenfalls hier auf Rabenfels herum."

Der Großvater, der gebannt dem Bericht des schwarzen Ritters gelauscht hatte, räusperte sich. „Na, dann nichts wie los. Wir müssen die Verbrecher fangen, damit sie nicht noch mehr anrichten."

„Genau das wollte ich eben auch vorschlagen", meinte der kaiserliche Agent ernst. „Es gibt da nur ein Problem. Ich weiß nicht, wo sich die Bande versteckt hält."

Da kratzte Ulrich sich verlegen am Kopf. „Mein ehrenwerter Ritter", sagte er schließlich. „Ich will ja nicht vorlaut sein, doch die beiden Männer und die Frau, die Ihr sucht, sind im Burgverlies oben in der Burg Rabenfels."

„Was?" Alle blickten auf Ulrich.

„Stimmt!", bestätigte Adele ihren Cousin. „Wir haben sie dort gestern Nacht gefangen."

Ritter Oswald starrte seine Tochter und seinen Neffen fassungslos an. „Wer ist wir?"

„Ulrich, Hannes, Frieda und ich", erwiderte Adele stolz.

„Da gibt es wohl einiges zu erklären", brummte der Großvater mit strenger Stimme, während er gleichzeitig den Detektiven zuzwinkerte.

Am Spätnachmittag saßen die Gäste im großen Saal um die Tische herum und genossen die festlichen Speisen. Den Ehrenplatz am Tisch hatte Günther Wenzel eingenommen, der zwischen Pfauenbraten und gefülltem Schweinemagen aufmerksam dem Bericht der Detektive lauschte.

„Jetzt wird mir einiges klar", murmelte er. „Neidhardt, unser Mönch, hatte wohl Streit mit Fritz, dem falschen Kaiser, und wollte ihm einen Strich durch die Rechnung machen."

Ulrich nickte. „Genau, er wollte die Rabenfelser warnen, dass ein falscher Kaiser kommt – ein Wolf im Schafspelz.“

„Und als seine Freunde herausfanden, dass er zudem gedroht hatte, Fritz zu ermorden, setzten sie ihn außer Gefecht ... Hach, gnädige Frau, ein Kompliment an ihre Köchin. Dieser Mandelpudding ist einfach himmlisch.“

„Und das Witzigste an der Sache ist“, lachte der Großvater, „dass die doch tatsächlich glaubten, es gäbe einen Schatz hier auf Rabenfels.“

Adele saß während des Mahls ungewöhnlich still neben ihrer Mutter. Während der vergangenen Stunden hatte sie die verschlüsselte Botschaft im Glasfens-

ter vergessen, doch jetzt musste sie wieder daran denken. Ihre Gedanken drehten sich im Kreis. Die Köchin und Frieda hatten den Braten so arrangiert, dass er wie ein lebendiger Pfau aussah. Sie hatten die Schwanzfedern radförmig in den gebratenen Vogel gesteckt und statt Augen zwei glänzende Glasperlen in die Augenhöhlen gelegt. Adele starrte auf die Perlenaugen. Und plötzlich wusste sie, was der Satz bedeutete.

„Großvater", flüsterte sie dem alten Mann ins Ohr. „Ich muss dich sprechen!"

Der alte Ritter grinste seine Enkelin an. „Doch nicht noch mehr Verbrecher?"

Adele schüttelte den Kopf. „Nein. Könntest du bitte mit mir zur Kapelle gehen?" Sie blickte vorsichtig um sich und flüsterte: „Es ist geheim!"

Der Großvater trank einen Schluck Bier und stand ächzend auf. „Meine Knochen", stöhnte er. „Na, dann komm schon."

Als sie die Kapelle betraten, stand die Abendsonne bereits tief und warf ihre Strahlen durch das Glasfenster, sodass das Rabenfelser Wappen bunt auf dem Steinboden tanzte.

„Das Fenster ist schön, nicht wahr?“, fragte Adele ihren Großvater.

Der nickte. „Ja, einmalig für eine Burgkapelle. Mein Großvater soll sehr stolz darauf gewesen sein. Aber das ist doch nicht alles, was du mir hier berichten willst ...“

Adele schüttelte ihren Kopf. „Nein", sagte sie lächelnd. „Sieh dir mal das Auge des Raben an. Findest du nicht, dass es so richtig funkelt?"

„Ja, das ist die Sonne."

„Und die Blumenranken, die sich um die Wappen winden?"

Der alte Ritter Kuno sah seine Enkelin eingehend an. Er verstand nicht, was sie ihm sagen wollte.

„Großvater!", rief Adele. „Der Schatz!"

„Was ist mit dem Schatz?"

„Das Auge des Raben wacht für immer und ewig über den Schatz. Das steht um das Fenster herum. Das Auge ist nicht aus Glas. Es ist ein grüner Smaragd! Und die Blumen, das sind kostbare Edelsteine. Großvater, wir haben den Schatz gefunden!"

Der Großvater schnappte nach Luft. „Ich muss mich setzen", stieß er hervor und ließ sich auf die Bank nieder. Es dauerte nicht lange, bis er sich wieder gefasst hatte. Er packte seine Enkelin und tanzte mit ihr durch die Kapelle.

„Deine Mutter wird zwar nicht begeistert sein", meinte er nachdenklich, „wenn sie erfährt, dass Oswald und ich zusammen mit dem richtigen Kaiser Friedrich ins Heilige Land ziehen werden." Er begann zu lachen. „Aber wenigstens können wir uns das jetzt leisten! Auch dem Raben wird es wohl nichts ausmachen, wenn wir sein Smaragdauge durch ein gläsernes ersetzen. Aber das bleibt erst mal unser Geheimnis."

Und ausgelassen tanzten die beiden zurück zum großen Saal, wo bis tief in die Nacht weiter gezecht und gefeiert wurde.

Lösungen

Der Mönch am Fluss

Der Text lautet: Schein trügt. Nicht alles ist, was es vorgibt. Ein Wolf im Schafspelz ist unter euch. Am Tage des Turniers wird er zuschlagen.

Unter Mordverdacht

Die Kräuter der Herzogin stimmen nicht mit den Giftpflanzen der alten Grete überein. Sie sind daher ungiftig.

Minnesänger auf der Burg

Im zweiten Kapitel spricht der Mönch im Delirium, dass nur jedes siebte Wort des Minnesängers zählt. Zählt man jedes siebte Wort des Liedes, erhält man folgende Botschaft: Mitternacht – treffen – morgen – Kreuzzug – Schatz – Turm – Fähnelein.

Das geheimnisvolle Turmzimmer

Vergleicht man den Ausblick aus dem Fenster mit dem Plan auf dem Fußboden, stellt man fest, dass die Schatzsucher die Kapelle auf dem Burghof markiert haben.

Nachforschungen im Kloster
Die Einträge zwischen den Jahren 1101 und 1114 fehlen. Dies bedeutet, dass ein Blatt aus der Chronik herausgerissen wurde.

Auf Schatzsuche
Der Gang kommt oberhalb des Dorfes, beim Turnierplatz, heraus.

Adele macht eine Entdeckung
Die Nachricht lautet: Das Auge des Raben wacht für immer und ewig über den Schatz.

Turnier mit Hindernissen
Ulrich hat bemerkt, dass der Ritter von der Henneburg eine scharfe Lanze hat. Bei Turnieren sind nur stumpfe Waffen zugelassen.

Glossar

Abtritt: Toilette, die bei den Burgen oft in der Mauer angebracht war und die sich von dort in eine Jauchegrube leerte

Angstloch: Loch oberhalb eines Burgverlieses, das mit einer Steinplatte oder einer Falltür verschlossen wurde. Durch dieses Loch wurden Gefangene abgeseilt und versorgt.

Barbarossa: bedeutet Rotbart auf Italienisch, der Spitzname, den die Italiener Kaiser Friedrich I. wegen seines roten Bartes gaben

Benediktiner: der älteste katholische Mönchsorden, der im 6. Jahrhundert gegründet wurde

Bergfried: der Hauptturm einer Burg, der im frühen Mittelalter gleichzeitig als Wohnturm diente. Hier wurden Vorräte und Waffen gelagert und in seiner Tiefe befand sich meist ein Verlies. Im Falle einer Belagerung konnten sich die Burgbewohner in den Bergfried zurückziehen. Aus Sicherheitsgründen lag der Eingang im ersten Stock. Um Feinden den Eintritt zu verwehren, wurde häufig die Holzstiege vernichtet.

Binsen: getrocknetes Schilf, mit dem in den Burgen der Boden des großen Saales ausgelegt wurde

Burgchronik: Aufzeichnungen der Vorgänge in einer Burg in der Reihenfolge ihres Geschehens

Federkiel: zugespitzte Gänsefeder, die zum Schreiben benutzt wurde

Friedrich I. (1123–1190): deutscher König und Kaiser. Er wurde 1152 als Nachfolger seines Onkels Konrad III. von den deutschen Fürsten zum König gewählt und 1155 zum Kaiser gekrönt. Seine fast vierzigjährige Herrschaft wird als die Blütezeit des König- und Kaisertums im Mittelalter angesehen. Auf dem dritten Kreuzzug ertrank er 1190 in einem Fluss in der heutigen Türkei.

Gänsekiel: siehe Federkiel

Gaukler: Jahrmarktskünstler, die Zuschauer mit allen möglichen Darbietungen unterhielten

Heiliges Land: mittelalterliche Bezeichnung des Gebietes, das sich von Syrien über Libanon bis nach Israel erstreckt. Es wurde auch Palästina genannt.

Heinrich der Löwe (1129–1195): Herzog von Bayern

und Sachsen, Vetter von Kaiser Friedrich I. Er weigerte sich 1176, an einem Italienfeldzug teilzunehmen, und wurde daher vom Kaiser im Jahre 1180 geächtet und ein Jahr später nach England verbannt.

Herold: kündete beim Turnier die verschiedenen Teilnehmer an und überprüfte ihre Kampffähigkeit. Gleichzeitig kannte er sich in der Wappenkunde aus.

Hexenkraut: volkstümlicher Name für Johanniskraut. Die desinfizierende Wirkung dieser Heilpflanze wurde von den Kreuzrittern im Heiligen Land eingesetzt, um die Wunden der Verletzten auszuwaschen.

Kemenate: ein durch einen Kamin beheizbares Gemach einer Burg, in dem der Burgherr und seine Familie wohnten. Es konnte auch nur das Frauengemach einer Burg bezeichnen.

Kettenpanzer/Kettenhemd: schweres, knielanges Rüstungshemd der Ritter (Gewicht etwa 20 kg). Es bestand aus unzähligen ineinandergreifenden Eisenringen.

Knappe: junger Adeliger, der bei einem Ritter in die Lehre ging

Kreuzritter: Ritter, der an einem Kreuzzug teilnahm
Kreuzzug: Kriegszug im Namen der Kirche ins Heilige Land, um das Gebiet von den Moslems zu befreien. Zwischen 1095 und 1270 fanden insgesamt sieben Kreuzzüge statt.
Lanze: Stoßwaffe, die aus einem 2 bis 4 m langen Holzschaft besteht, an dessen Ende eine eiserne Spitze befestigt ist. Ein Ritter hielt die Lanze unter der Achsel und stach damit auf seinen Gegner ein.
Minnesang: mittelalterliche Dichtung und Gesang des 12. bis 14. Jahrhunderts. Hauptthema dieser Dichtung ist die Sehnsucht nach Liebe, aber auch der Zwiespalt zwischen Minnedienst und Kreuzfahrerpflicht.
Minnesänger: Dichter und Sänger, die oft als fahrende Sänger von Burg zu Burg und von Hof zu Hof zogen, um dort ihre Lieder vorzutragen
Novize: junger Mann, der einem katholischen Orden beitreten will. Bevor er jedoch sein Gelübde ablegen darf, muss er als Novize eine Probezeit bestehen.
Page: junger Adeliger, der auf einer fremden Burg als Edelknabe in die ritterlichen

Umgangsformen und Künste eingewiesen wurde

Palas: ein meist zweigeschossiges Hauptwohngebäude einer Burg. Im Palas befanden sich der Rittersaal, die Kemenate und die Gemächer des Burgherrn und seiner Familie.

Pergament: ungegerbte, geschabte und geglättete Tierhaut, die als Papier verwendet wurde. Pergament war sehr kostbar.

Reichsinsignien: die Zeichen der kaiserlichen Herrschaft, die aus dem Reichsapfel, dem Schwert, der Krone und dem kaiserlichen Mantel bestanden

Reichstag: regelmäßiges Treffen zwischen den Fürsten und dem Kaiser, bei dem wichtige Staatsangelegenheiten besprochen wurden

Ritter: adeliger, berittener Krieger, der zunächst eine Lehrzeit als Page und Knappe zu leisten hatte

Rittersaal: großer Saal im Palas einer Burg. Er diente als Empfangssaal, Speisesaal und allgemeiner Aufenthaltsraum.

Sarazenen: mittelalterliche Bezeichnung für Moslems

Schabracke: reich verzierter Parademantel eines Pferdes aus Tuch oder Seide

Schild: ursprünglich eine runde, im 12. Jahrhundert dann drachenförmige Holzplatte, die am Rand mit einem Metallstreifen verstärkt war und mit der gegnerische Waffen abgewehrt wurden

Sporen: eiserne Bügel mit Rädchen, die am Stiefelabsatz befestigt wurden. Man benutzte sie, um die Pferde anzutreiben.

Tintenhorn: Tintengefäß aus einem Tierhorn

Tjost: Turnierspiel, bei dem Ritter versuchten, sich mit Lanzen aus dem Sattel zu heben. Ein Tjost konnte auch mit Schwertern zu Fuß fortgesetzt werden.

Topfhelm: eiserner Kopfschutz der Ritter im 13. Jahrhundert

Tranlicht: Lampe, die mit tierischem Fett gespeist wurde. Neben Kerzen, Fackeln und Feuerpfannen wurden damit im Mittelalter Räume beleuchtet.

Turnier: ritterliches Kampfspiel des 11. bis 16. Jahrhunderts, das nach festen Regeln ausgetragen wurde

Verlies: Burggefängnis, das sich meist im Untergeschoss des Bergfrieds befand. Man konnte es nur durch eine Öffnung in der Decke, das Angstloch, betreten.

Waffenrock: ärmelloses Hemd, welches ein Ritter über seinen Kettenpanzer zog und mit einem Gürtel festschnallte. Damit man die Ritter unterscheiden konnte, war das Hemd meist mit dem Familienwappen bestickt.

Wappen: Erkennungszeichen eines Ritters, das ursprünglich auf seinem Schild und dem Waffenrock abgebildet war. Später wurden diese Abzeichen als Familienwappen übernommen.

Zugbrücke: hölzerne Brücke am Eingang einer Burg, die man durch Ketten hochziehen und mit der man das Tor verschließen konnte

Zeittafel

1095	Papst Urban II. ruft zum 1. Kreuzzug auf.
1099	Kreuzfahrer erobern Jerusalem, Ende des 1. Kreuzzuges
1123	Geburt Friedrich Barbarossas
1129	Geburt Heinrichs des Löwen
1147	Aufruf zum 2. Kreuzzug
1149	Ende des 2. Kreuzzuges
1152	König Konrad III. stirbt, sein Neffe Friedrich Barbarossa wird von den deutschen Fürsten als sein Nachfolger gewählt.
1154	König Friedrich Barbarossa überträgt das Herzogtum Bayern dem Herzog Heinrich dem Löwen; 1. Italienfeldzug Barbarossas
1155	König Friedrich Barbarossa wird in Rom vom Papst Hadrian IV. zum Kaiser gekrönt.
1157	Papst Hadrian IV. behauptet, dass das Reich ein Lehen der römischen Kirche

sei, Kaiser Friedrich Barbarossa jedoch verteidigt die Gleichrangigkeit von Kaiser und Papst.

1158 Kaiser Friedrich Barbarossa erobert Mailand während eines weiteren Italienfeldzuges.

1166 Friedrich Barbarossa erobert Norditalien, muss jedoch wegen Ausbruchs einer Seuche in seinem Heer unerwartet den Rückzug antreten.

1169 Friedrich Barbarossa krönt seinen vierjährigen Sohn Heinrich zum deutschen König.

1176 Heinrich der Löwe weigert sich, an einem weiteren Italienfeldzug Kaiser Friedrichs teilzunehmen.

1180 Heinrich der Löwe wird geächtet, verliert Bayern und wird 1181 nach England verbannt.

1183 Kaiser Friedrich Barbarossa schließt mit Italien Frieden.

1185 Heinrich der Löwe kehrt aus der Verbannung zurück.

1187	Sultan Saladin erobert Jerusalem zurück, Aufruf zum 3. Kreuzzug.
1188	Heinrich der Löwe wird abermals nach England verbannt, kehrt jedoch bereits im Herbst 1189 wieder nach Deutschland zurück.
1189	Kaiser Friedrich Barbarossa bricht zum 3. Kreuzzug mit einem Heer von 100 000 Mann ins Heilige Land auf.
1190	Kaiser Friedrich Barbarossa ertrinkt im Fluss Salep in der heutigen Türkei.
1191	Barbarossas Sohn Heinrich VI. wird zum Kaiser gekrönt.

Barbarossa und seine Zeit

Der Alltag auf einer Burg

Das Leben auf einer Burg war hart und ungemütlich. Im Winter konnten die großen Räume nur schwer beheizt werden und der kalte Wind pfiff durch alle Ritzen. Zum Schlafen legte man sich auf einen Strohsack auf den harten Fußboden. Nur der Burgherr und seine Familie genossen den Luxus eines Bettes, das sie allerdings oft mit anderen teilen mussten. Man badete höchst selten und wurde daher von Läusen und Wanzen geplagt.

Außer im Sommer, wenn das Essen durch frisches Obst und Gemüse ergänzt wurde, war der Speisezettel nicht besonders abwechslungsreich: Es gab Brot, Brei, Milch und Käse, an Fastentagen Fisch und an Festtagen gepökeltes oder geräuchertes Fleisch. In Kriegszeiten musste man zudem jederzeit mit einer Belagerung rechnen. Da war die Burg dann nicht selten wochenlang von der Außenwelt abgeschnitten.

Wenn der Burgherr für seinen König oder Lehnsherrn in den Krieg ziehen musste, überließ er die Verwaltung der Burg seiner Frau, die ohnehin den gesamten Haushalt beaufsichtigte. Sie versorgte und unterrichtete die Kinder, kochte, wusch, nähte, schaffte Vorräte an, kümmerte sich um den Garten, pflegte Kranke und bewirtete Gäste.

Dennoch war der Alltag nicht nur arbeitsreich und öde. Burgbewohner vertrieben sich die Zeit mit fröhlichen Dingen. Es gab Gesellschaftsspiele, man musizierte, sang, tanzte und feierte ausgiebig.

Das Ritterturnier

Um sich auch in Friedenszeiten im Waffenhandwerk zu üben, veranstalteten Ritter Turniere. Nach dem ersten Turnier auf deutschem Boden, das vor den Mauern der Stadt Würzburg 1127 abgehalten worden war, gewannen die Spiele immer mehr an Beliebtheit. Es wurde Mode, bei Feierlichkeiten wie Kaiserkrönungen, Hochzeiten, Taufen und anderen freudigen Anlässen Turniere abzuhalten. Solche Veranstaltungen glichen Volksfesten, die Hunderte von Gästen anlockten. Am Mainzer Hoftag an Pfingsten 1184, an dem Barbarossa seine Söhne zum Ritter schlug, sollen an den Ritterspielen mehr als 20 000 Ritter teilgenommen haben. Selbstverständlich durften Gaukler,Akrobaten, Tierbändiger und andere Unterhaltungskünstler nicht fehlen.

Bei einem Turnier wurden meist verschiedene Einzel- und Gruppenkämpfe ausgetragen. Das Buhurt war im Gegensatz zum Tjost ein Massenkampf, bei dem sich zwei gleich große Gruppen mit stumpfen Schwertern bekämpften. Im Turnei, einer Mischung aus Tjost und Buhurt, traten zwei Gruppen von Rittern gegeneinander an und versuchten, sich mit Lanzen vom Pferd zu stoßen. Wer die meisten Gegner aus dem Sattel hob, ging als Sieger hervor.

Die Erziehung auf der Burg

Im Alter von 7 Jahren verließ ein Junge die Burg seiner Eltern, um auf einer fremden Burg das Handwerk eines Ritters zu erlernen. Zunächst diente er dort als Page. Dabei lernte er nicht nur, wie man sich höfisch benahm, sondern die Burgherrin brachte ihm auch Grundkenntnisse im Lesen und Schreiben bei. Wichtiger als Bildung war jedoch, sich im Laufen, Reiten und Lanzenstoßen zu üben. Im Alter von 14

Jahren rückte der Page zum Knappen auf. Er wurde in der Jagdkunst und dem Kriegshandwerk unterwiesen. Gleichzeitig musste er sich um die Rüstung seines Herrn und dessen Pferde kümmern, war im Krieg sein Waffenträger und half ihm beim Anlegen der Rüstung. Im Alter von 21 Jahren, wenn er seine Ausbildung beendet hatte, wurde er in einer feierlichen Zeremonie zum Ritter geschlagen.

Mädchen wurden von ihrer Mutter auf ihre zukünftigen Pflichten als Ehefrau und Mutter vorbereitet. Schon früh mussten sie zu Hause mithelfen. Mütter lehrten ihre adeligen Töchter aber auch Lesen und Schreiben. Da während der Handarbeiten oft gesungen oder vorgelesen wurde, waren Mädchen und Frauen gebildeter als die Männer, deren Leben sich meist nur um Waffen und Krieg drehte. Schon im Alter von 13 oder 14 Jahren verließen Edelfräulein dann ihre elterliche Burg, um zu heiraten.

Kinder anderer Stände traten bereits im Alter von 7 Jahren in ein Lehrverhältnis, wo sie ein Handwerk erlernten, oder sie halfen ihren Eltern auf dem Feld.

Die Kreuzzüge

Im Jahre 1070 eroberten die Moslems Jerusalem, den heiligsten Ort der christlichen Kirche. Empört darüber rief Papst Urban II. 1095 zum Krieg gegen die „Ungläubigen“ auf.

Wie von einem Fieber gepackt, zog eine kreuzzugsbegeisterte Horde los. Unter dem Motto „Gott will es“ brachen nicht nur Ritter und Geistliche auf, sondern Kinder, Greise, Reiche, Bettler und sogar Frauen. 1099 schließlich gelang es, Jerusalem nach fünfwöchiger Belagerung einzunehmen. Um die neu gegründeten Kreuzfahrerstaaten zu schützen, entstanden Ritterorden. Diese boten den Pilgern, die ins Heilige Land zogen, Geleitschutz, pflegten die Kranken in Hospitälern und begannen immer öfter, die benachbarten muslimischen Festungen anzugreifen. Als 1146 Edessa, einer der Kreuzfahrerstaaten, von den Moslems erobert wurde, rief man in Europa zu einem 2. Kreuzzug auf. Zahlreiche europäische Ritter, darunter der junge Friedrich Barbarossa, nahmen daran teil, doch der Kreuzzug scheiterte und Edessa blieb in muslimischer Hand. Anlass, einen 3. Kreuzzug anzukündigen, bot Sultan Saladin, der 1187 Jerusalem eroberte.

Unzählige europäische Herrscher und Adelige folgten dem Aufruf, dem sich auch Kaiser Barbarossa im Mai 1189 mit einem 100 000 Mann starken Heer anschloss. Nur knapp 1 000 seiner Ritter gelang es, Akkon zu erreichen.

Barbarossa selbst war nicht mehr dabei, da er auf dem Weg ins Heilige Land in einem Fluss in der heutigen Türkei ertrunken war. Dem 3. Kreuzzug folgten noch vier weitere. Erst 1291, als Akkon, die letzte christliche Festung im Heiligen Land, an die Moslems gefallen war, fanden die Kreuzzüge und damit viel sinnloses Blutvergießen ein Ende.

Die Rüstung eines Kreuzritters

Die Teilnahme an einem Kreuzzug war für einen Ritter ein kostspieliges Unterfangen. Er musste selbst für seine Rüstung aufkommen.

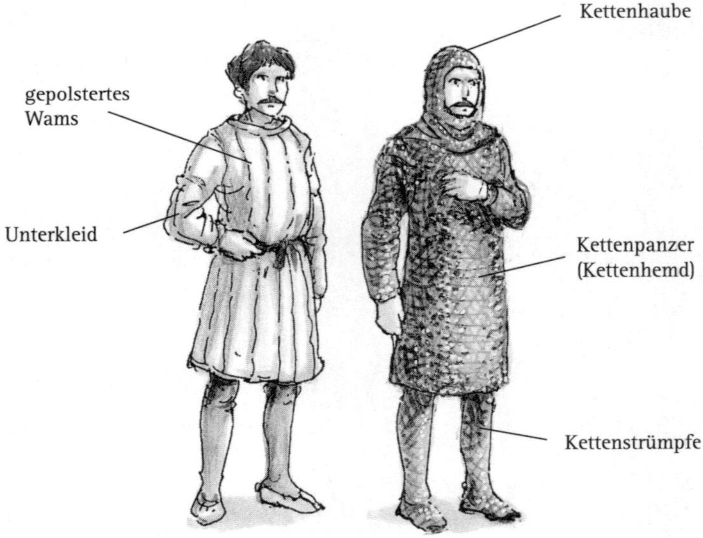

Allein das Kettenhemd konnte dem Wert von 100 Kühen entsprechen. Dazu kamen – neben der Rüstung – die Kosten für ein Streitross, mit dem der Ritter in den Kampf ziehen konnte.

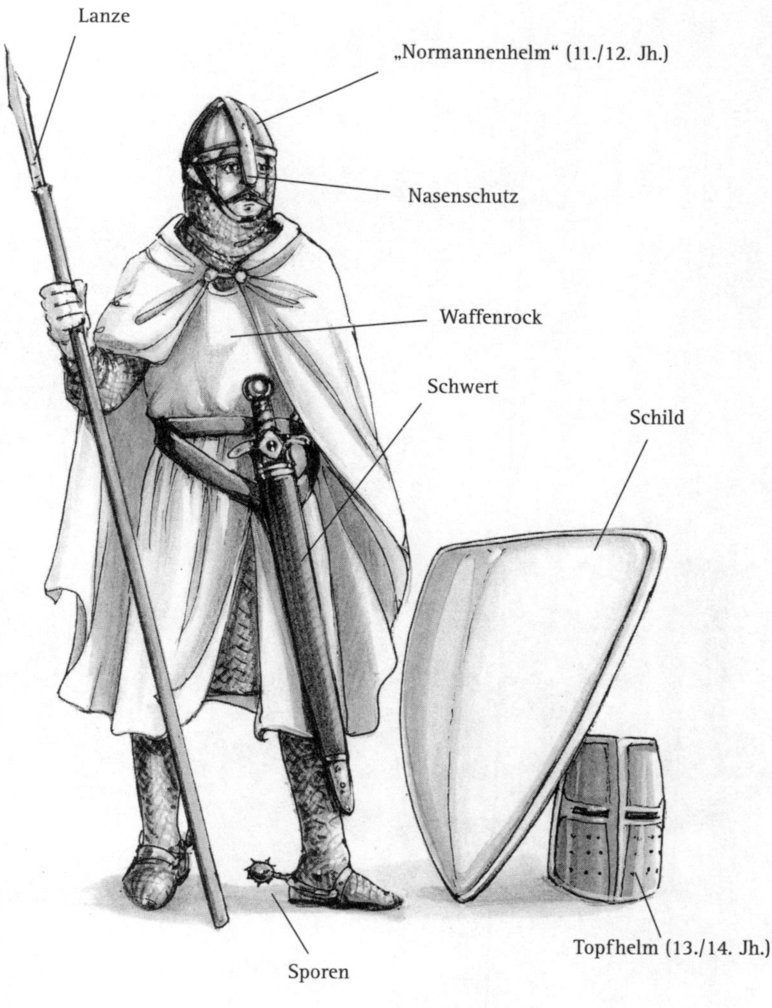

Annette Neubauer

Ein Fall für den Meisterschüler

Illustrationen von Silvia Christoph

Der Diebstahl

„Muss ich wirklich schon wieder die Werkstatt auskehren?“, stöhnte Salai und blickte Leonardo da Vinci dabei bittend an.

„Ja, das musst du!“, antwortete der Gelehrte streng. Dabei würdigte er seinen zwölfjährigen Schüler, der mit seinem ausgewaschenen Hemd und den abgewetzten Hosen wie ein Bauernjunge aussah, keines Blickes. Da Vinci stand an seinem Pult und schaute in sein geöffnetes Notizbuch. Dann griff er nach einer Feder und begann zu schreiben.

„Druck erzeugt Gegendruck“, murmelte er halb laut und strich sich gleichzeitig über seinen langen grauen Bart.

„Was sagt Ihr?“, fragte Salai, der lustlos den Besen ergriffen hatte.

„Nichts, Salai“, erwiderte der Meister. „Ich überlege nur laut.“

„Das müssen ja wichtige Aufzeichnungen sein, wenn Ihr schon Selbstgespräche führt!“ Froh über jede Unterbrechung, die sich ihm beim Fegen bot, versuchte Salai, seinen Lehrer in ein Gespräch zu verwickeln.

Leonardo seufzte und zog seine buschigen Augenbrauen in die Höhe. Er schien zu ahnen, dass Salai jetzt keine Ruhe mehr geben würde.

„Komm mal her, ich will dir etwas zeigen!" Leonardo winkte seinen Schüler zu sich. Sofort ließ Salai den Besen auf den Boden fallen und lief zum Pult Leonardos.

„Sieh dir das einmal an!"

Salai folgte mit seinen Augen dem Finger da Vincis, der durch das geöffnete Fenster wies. Von der Werkstatt aus, die sich im oberen Teil eines Turms befand, hatte man einen prächtigen Blick auf die Dächer von Florenz. Aus dem dichten Häusermeer ragten vereinzelt Kuppeln. Umgeben von mächtigen Mauern, lag die Stadt in der eintretenden Dämmerung. Das rege Treiben des Tages hatte sich gelegt: Die Bürgerfrauen waren mit ihren Kindern in die Häuser zurückgekehrt, die Straßenverkäufer hatten ihre Waren eingepackt und die Händler zählten die Goldmünzen, die sie verdient hatten.

„Was siehst du?", fragte Leonardo seinen Schützling.

„Na ja, nichts Besonderes", entgegnete Salai und fuhr sich ratlos durch die braunen Locken. „Straßen, Dächer, Fenster ..."

„Nein, dort, über dem Fluss, schau genau hin!", forderte Leonardo ihn auf.

Über dem Arno schwebten zwei Falken, die sich mit kreisförmigen Bewegungen am Himmel bewegten.

„Da sind zwei Vögel", stellte Salai unbeeindruckt fest.

„Genau, zwei Vögel", bestätigte Leonardo nachdenklich. „Die Natur lehrt uns so vieles. Es muss doch möglich sein, Flügel zu bauen, mit denen ein Mensch ebenfalls in der Luft schweben kann."

Er beugte sich vor, wobei ihm einige Locken ins Gesicht fielen, und griff nach einer Holzkonstruktion unter seinem Pult. Das Modell erinnerte an das Skelett eines Vogels.

„Maestro, Ihr glaubt doch nicht im Ernst, dass Menschen fliegen können!“ Salai verdrehte seine Augen. „Ihr verschwendet Eure Zeit!“

Ohne seine Worte zu beachten, richtete sich Leonardo wieder auf. Trotz seiner schlichten, langen Wollkutte, die mit einem einfachen Gürtel lose zusammengehalten wurde, wirkte da Vinci elegant und würdevoll. Nun hob und senkte er den seltsamen Holzvogel, wobei sich dessen Flügel auf und ab bewegten.

„Wie müssen Flügel beschaffen sein, die einen Menschen tragen können?“, fragte er seinen Schüler. „Der Mensch sollte seinen Körper ebenso frei bewegen wie seinen Geist ...“

„Maestro“, unterbrach Salai ihn und strich sich eine dunkle Haarsträhne aus dem Gesicht. „Es hat gerade an der Tür geklopft.“

Offenbar war Leonardo so in seine Überlegungen vertieft gewesen, dass er das Klopfen gar nicht gehört hatte. „Dann geh, und öffne!“, befahl er.

Salai lief die Treppen zur Eingangshalle hinunter, öffnete die Haustür und blickte in das Gesicht einer geheimnisvoll lächelnden Frau.

„Oh, guten Abend, Signora del Giocondo!“, begrüßte Salai die elegante Erscheinung und verbeugte

sich tief. „Tretet ein und nehmt einen Augenblick in der Bibliothek Platz. Ich werde den Maestro sofort über Euer Kommen unterrichten."

Eilig stürmte Salai die Treppenstufen wieder hinauf.

„Es ist Lisa del Giocondo", rief er seinem Lehrer atemlos entgegen.

„Ah, *Mona Lisa*", entgegnete Leonardo erfreut. „Ich gehe sofort zu ihr. Aber du bleibst hier und räumst die Werkstatt auf. Komm nicht auf die Idee, dich wieder in den Gassen herumzutreiben!"

Bei diesen Worten blickte sich Salai verzweifelt in der Werkstatt um: Auf und unter den Tischen stapelten sich Bücher, Landkarten und Farbtöpfe, und die Regale waren voll gestopft mit Instrumenten, Apparaten und gläsernen Linsen. Der einzige ordentliche Platz in dem überfüllten Turmzimmer war wie immer

Leonardos Pult. Auf ihm lagen nur das aufgeschlagene Notizbuch seines Meisters und eine Feder.

„Hat das nicht Zeit bis morgen?“, seufzte Salai. Doch Leonardo verließ wortlos die Werkstatt, um die Treppe hinunterzueilen.

Unwillig griff Salai zu seinem Besen und begann erneut zu kehren. Dabei warf er fast eins der vielen Gläser mit Ölfarbe um, die auf dem Boden standen. Gelangweilt unterbrach er seine Arbeit und schlenderte zu dem immer noch offenen Fenster. Er warf einen sehnsüchtigen Blick auf das abendliche Florenz, in dem nach und nach die ersten Lichter angingen. Doch Salai wurde unvermittelt aus seinen Träumereien herausgerissen, als ein kleiner Kieselstein direkt vor seinen Füßen landete.

„Salai! Salai!“, erklang eine gedämpfte Stimme von der Gasse zu ihm herauf. „Komm runter! Lass uns sehen, ob wir irgendwo etwas Leckeres zu essen finden.“

Salai blickte nach unten und entdeckte eine schemenhafte Gestalt, die ihm zuwinkte. Es war seine Freundin Caterina, die Tochter des Schreiners, der sein Handwerk im Nachbarhaus ausübte. Wie immer war die Elfjährige sehr nachlässig gekleidet: Die Haube saß schief auf ihren braunen, gekräuselten Haaren

und unter ihrem langen, zerschlissenen Kleid schauten bloße Füße hervor. Bestimmt hatte sie sich ohne die Erlaubnis ihrer Eltern aus dem Haus geschlichen.

Salai überlegte nicht lange. Aufräumen konnte er auch später noch! Die Besuche Signora Giocondos bei Leonardo zogen sich oft lange hin.

„Ich komme", rief Salai seiner Freundin zu und warf den Besen in eine Ecke.

Schnell hastete er die Stufen in die Eingangshalle hinunter. Dort verlangsamte er seinen Schritt. Die Tür zur Bibliothek stand offen. Salai blinzelte hinein und warf einen Blick auf Lisa del Giocondo: Mit ihrem wertvollen Kleid aus grüner Seide und ihren dunklen

Haaren, die von einem goldenen Stirnband zusammengehalten wurden, sah sie beeindruckend schön aus.

„Wie lange braucht Ihr noch bis zur Fertigstellung meines Gemäldes?“, fragte Lisa gerade und schaute Leonardo dabei tief in die Augen. „Ihr arbeitet jetzt schon über ein Jahr daran.“

Salai zog eine Grimasse. Was für eine eingebildete und eitle Person sie doch war! Aber jetzt kam es ihm ganz recht, dass sie da Vinci so für sich in Anspruch nahm. Je tiefer der Meister in das Gespräch versunken war, desto leichter konnte Salai verschwinden.

„Nun“, hob der Maestro gerade an und blickte Lisa dabei ebenso tief in die Augen wie sie ihm, „eine so vollendete Schönheit, wie Ihr es seid, braucht ein ebenso vollendetes ...“

Auf Zehenspitzen schlich Salai an der Bibliothek vorbei und ging mit schnellen Schritten zur Haustür. Verwundert stellte er fest, dass sie nicht geschlossen war. Er musste die Tür vorhin offen gelassen haben, als Signora del Giocondo das Haus betreten hatte. Zum Glück hatte Leonardo seine Unachtsamkeit nicht bemerkt. Doch nun kam es darauf an, unbemerkt das Haus zu verlassen! Leise zog er die Tür hinter sich zu.

Gleich nachdem der Junge aus dem Haus gelaufen war, löste sich eine dunkle Gestalt aus dem Schatten des Kleiderschrankes, der im hinteren Teil der Eingangshalle stand. Geschmeidig wie ein Raubtier glitt der Mann die Treppen nach oben. Sein tief in das Gesicht gezogener Hut und sein schwarzer Umhang ließen ihn im dunklen Treppenhaus nahezu unsichtbar werden. Nur der Griff seines Degens blinkte ab und zu auf.

Oben angelangt, verschwand der Mann in der Werkstatt und sah sich um. Ein kurzer Blick genügte ihm, um sich zurechtzufinden. Lautlos durchquerte er den Raum, bis er entdeckte, was er gesucht hatte. Nur wenige Augenblicke später schlich die unheimliche Gestalt wieder die Treppen herunter. Der Unbekannte warf einen kurzen Blick in die Bibliothek, grinste bei dem Anblick von Leonardo und Lisa zufrieden in sich hinein und huschte aus dem Haus.

„Bis morgen!", rief Salai Caterina zu und wischte sich noch einmal über den Mund. Die Marzipanplätzchen, die so verheißungsvoll in einem geöffneten Fenster gestanden hatten, waren wirklich ausgezeichnet gewesen. Zufrieden mit dem Abend ging Salai ins Haus zurück, hörte erleichtert die Stimmen von Lisa und Leonardo aus der Bibliothek und schlich wieder hinauf in die Werkstatt. Um Leonardo nicht zu verärgern, wollte er wenigstens noch etwas aufräumen.

Doch dazu kam Salai an diesem Abend nicht mehr, denn er merkte sofort, dass in der Werkstatt etwas nicht stimmte.

Was ist Salai aufgefallen?

Wonach sucht der Dieb?

„Wo ist bloß das Notizbuch? Es lag doch eben noch auf Leonardos Pult!“, überlegte Salai verzweifelt. „Ob es jemand gestohlen hat? Ich muss Leonardo rufen! Mist! Dann erfährt er, dass ich heimlich weg war und ...“

Doch da hörte Salai schon die Schritte seines Lehrers, der die Treppen hochstieg. „Schluss mit dem Aufräumen“, rief da Vinci gut gelaunt. „Es ist spät! Du hast genug gearbeitet.“

Salai wurde puterrot, als Leonardo vor ihm stand. „Was hast du denn?“, fragte ihn Leonardo besorgt. „Geht es dir nicht gut?“

„Doch, doch, es ist nur, wisst Ihr vielleicht, wo ... also ... habt Ihr das ...“

„Wo ist mein Notizbuch?“, unterbrach ihn Leonardo, bevor Salai zu Ende reden konnte. „Du sollst aufräumen und nicht umräumen. Wie oft habe ich dir das schon gesagt!“

„Äh, ich weiß nicht, eben lag es noch da, und auf einmal ... ist es weg“, stotterte Salai.

„Du willst mir doch nicht sagen, es sei aus dem

Fenster geflattert?" Langsam ahnte Leonardo, dass etwas nicht stimmte. „Salai, warst du etwa wieder unterwegs? Hast du dich wieder unerlaubt herumgetrieben?"

„Maestro, ich war nur für ein paar Minuten weg, und als ich wiederkam, war das Notizbuch nicht mehr da und ..."

„Es war nicht mehr da?" Verzweifelt raufte sich Leonardo die Haare und stürmte zum Pult. „Hast du auch überall nachgeschaut? Ist es vielleicht heruntergefallen?"

Leonardo schob das Pult zur Seite, schaute unter die Tische, durchwühlte das Regal und setzte sich schließlich laut seufzend hin. „Salai, weißt du überhaupt, welchen Wert dieses Notizbuch hat? Es enthält die Berechnungen und Skizzen aller meiner Erfindungen der letzten Jahre."

Salai schaute betreten zu Boden. „Ja, Maestro", entgegnete er mit trockenem Mund.

„Erklär mir wenigstens, wie das geschehen konnte!", forderte Leonardo seinen Schüler streng auf. „Die Haustür ist doch immer verschlossen! Wie kann der Dieb hereingekommen sein? Hast du irgendetwas Auffälliges bemerkt?"

Salai wäre am liebsten im Boden versunken. Er war kurz davor, die Treppen hinunterzulaufen und sich irgendwo zu verstecken. Aber etwas hielt ihn davon ab. Wenn er schon einen Fehler gemacht hatte, dann musste er ihn wenigstens zugeben. Salai holte tief Luft und schaute Leonardo in die Augen.

„Ich habe die Tür nicht wieder zugemacht, als ich Signora Giocondo ins Haus gelassen habe", begann er leise. „Bei dieser Gelegenheit muss der Dieb ins Haus gekommen sein. Und dann bin ich selbst mit Caterina draußen gewesen. Als ich zurückkam, bin ich wieder in die Werkstatt gegangen. Da war das Notizbuch weg." Salai flüsterte die letzten Worte nur noch.

Leonardo ballte die Hände zu Fäusten. „*Buono a nulla*! Du Nichtsnutz!", rief er laut. „Was soll ich nur mit dir machen? Eigentlich müsste ich dich in die Gassen jagen, da fühlst du dich offensichtlich sowieso am wohlsten."

„Bitte nicht, Meister", flehte Salai. „Ich möchte noch so viel von Euch lernen! Von nun an werde ich auch bestimmt immer auf Euch hören!"

„Versprich nie, was du nicht halten kannst", entgegnete Leonardo kopfschüttelnd. „Und jetzt geh mir aus den Augen. Ab in deine Kammer! Leg dich schlafen."

Mit gesenktem Kopf ging Salai nach unten. Hinter der Küche befand sich ein kleiner Raum mit einem einfachen Bett, einer Holztruhe und einem kleinen Fenster zum Hinterhof. Erschöpft ließ sich Salai auf seinen Strohsack fallen. Unruhig wälzte er sich von einer Seite auf die andere, bis er schließlich in einen unruhigen Schlaf fiel. In der Nacht träumte der Junge von einem riesigen Raubvogel, der durch ein geöffnetes Fenster in Leonardos Werkstatt flog. Mit einem

Buch im Schnabel verschwand das Tier wieder in der Nacht, während Salai wie gelähmt dastand und ihm hilflos hinterherblickte.

Als Salai am nächsten Morgen aufwachte, fühlte er sich völlig erschlagen. Er stöhnte auf: „Das Notizbuch!"

Fast hätte er sich die Decke wieder über den Kopf gezogen. Aber dann gab er sich einen Ruck, stand schnell auf und zog sich an. Vielleicht konnte er Leonardo mit einem guten Frühstück und frischem Weißbrot milder stimmen. Doch als er in die Küche kam, sah er einen bereits benutzten Teller und einen Becher auf dem Tisch stehen.

„Maestro! Habt Ihr schon gefrühstückt?", rief Salai. „Seid Ihr da?" Im Haus blieb es still. „Er ist wohl schon unterwegs", murmelte Salai und schnappte sich einen Kanten Brot. Im Grunde war er erleichtert, seinen Meister noch nicht zu Gesicht zu bekommen.

„Ob Caterina irgendjemanden bemerkt hat, als sie gestern Abend draußen auf mich gewartet hat?“, überlegte er, während er das Brot in den Mund schob. Er beschloss, seine Freundin danach zu fragen. Schon war er an der Haustür, zog sie diesmal sorgfältig hinter sich zu und lief ins Nachbarhaus.

„Caterina!“, rief Salai, während er die Werkstatt ihres Vaters betrat, die im Hinterhof lag. „Stell dir vor, was passiert ist!“

Caterina putzte gerade die Treppenstufen zum Haupthaus. Froh über die Unterbrechung bei der eintönigen Arbeit, winkte sie ihrem Freund zu.

„Guten Morgen, Salai!“

Salai trat auf sie zu und begann aufgeregt, ihr von dem Diebstahl zu berichten.

„Warte!“, unterbrach ihn Caterina. „Das Notizbuch wurde gestohlen? Wenn der Dieb Geld, Schmuck oder ein Gemälde mitgenommen hätte, könnte ich das ja verstehen. Aber warum ein Notizbuch?“

Salai erklärte ihr, dass Leonardo die Skizzen und Berechnungen zu seinen Erfindungen in das Notizbuch eintrug. Dabei fuchtelte er wild mit den Händen herum, als ob Caterina ihn so schneller verstehen würde. „Wenn der Einbrecher anhand von Leonardos Aufzeichnungen seine Erfindungen nachbaut, kann er die Ideen meines Meisters als seine eigenen ausgeben und vielleicht teuer verkaufen!“

Caterina verstand langsam, worum es ging, und wurde neugierig. „Gesehen habe ich gestern leider niemanden vor eurem Haus“, sagte sie nachdenklich. „Aber vielleicht können wir den Täter trotzdem finden, wenn wir wissen, was genau er mit dem Notizbuch vorhat. Woran hat Leonardo denn in letzter Zeit gearbeitet?“

„Also, gestern hat er etwas von Vogelschwingen und Flugapparaten erzählt“, überlegte Salai.

„Du meinst, er glaubt, dass Menschen fliegen können?“, fragte Caterina ungläubig und starrte Salai an. „So wie Vögel?“

„Ja, irgendwie schon“, entgegnete ihr Freund.

„*Santo Padre*!“, entfuhr es Caterina. „Und was steht noch in dem Notizbuch?”

„Hm, viele Dinge. So genau weiß ich es nicht“, antwortete Salai, dem es angesichts von Caterinas Bewunderung fast peinlich war, bislang so wenig Interesse an Leonardos Arbeit gezeigt zu haben.

„Wenn wir den Täter fangen wollen, müssen wir erst einmal herausfinden, weshalb das Notizbuch wichtig

für ihn ist. Nur so können wir ihm auf die Spur kommen. Vielleicht ist er auch an ganz anderen Erfindungen interessiert? Wer weiß, was sich dein Lehrer sonst noch alles ausgedacht hat." Caterina stemmte die Hände in die Hüften. „Lass uns Leonardo einfach fragen!"

„Das ist keine so gute Idee. Leonardo ist wütend auf mich. Du weißt schon, wegen unseres Ausflugs gestern Abend", erklärte Salai. „Aber ich glaube, ich weiß, wie wir mehr über seine Arbeit herausfinden, ohne ihn fragen zu müssen. Komm mit!"

Zusammen mit Caterina ging Salai zurück ins Haus seines Meisters. Leonardo war noch unterwegs.

„Gut so", dachte Salai, als sie die Treppen nach

oben stiegen. In der Werkstatt schaute er sich um und entdeckte kurz darauf, was er gesucht hatte: Es handelte sich um einen Zettel mit Leonardos Handschrift, der neben zahlreichen Skizzen von Lisa del Giocondo an der Wand hing. Salai nahm ihn herunter und zeigte ihn Caterina.

„Auf dieser Liste stehen die wichtigsten Erfindungen Leonardos!", sagte er stolz.

Verwundert nahm Caterina das Blatt in die Hände. Salai hatte ihr ein wenig Lesen und Schreiben beigebracht. Trotzdem stutzte sie, als sie auf das Blatt sah. Doch nach einigem Nachdenken wusste sie, wie sie die Schrift Leonardos entziffern konnte.

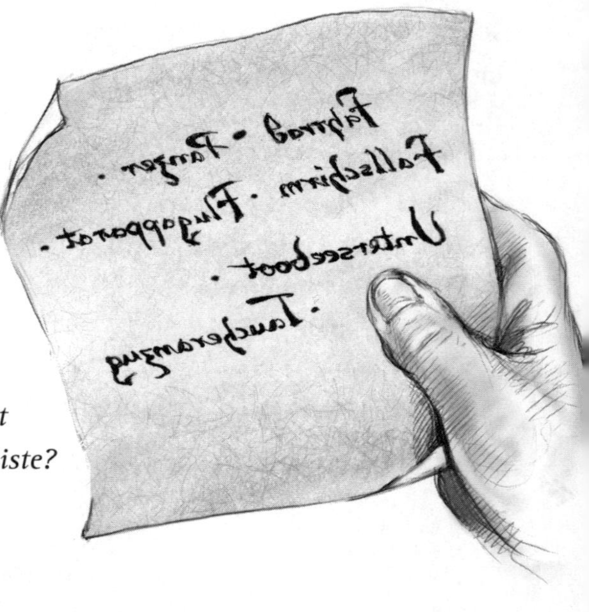

? *Was steht auf der Liste?*

Die Verfolgung

Mühsam las Caterina die Liste vor. „Fahrrad, Panzer, Fallschirm, Flugapparat, Unterseeboot, Taucheranzug.“ Sie sah Salai fragend an. „Warum um alles in der Welt schreibt dein Lehrer denn so merkwürdig? Das kann man ja kaum lesen!“

„Der Maestro schreibt immer von rechts nach links in Spiegelschrift“, antwortete Salai. „Warum, weiß ich auch nicht so genau. Vielleicht will er es Fremden damit schwerer machen, seine Aufzeichnungen zu lesen.“

Caterina nickte und vertiefte sich wieder in die Liste. „*Santo Padre!* Ein Boot, das unter Wasser schwimmt? Ein Anzug, mit dem man tauchen und dabei atmen kann? Und was ist bloß ein Fahrrad?“

Salai schaute sich um und zog eine Zeichnung aus dem Regal. Darauf war ein hölzernes Gestell mit einem kleinen Vorderrad und einem etwa doppelt so großen Hinterrad zu sehen. „Leonardo sagt, damit kommt ein Mensch schneller voran als auf zwei Beinen“, erklärte Salai seiner Freundin.

„Aber bestimmt nicht so schnell wie mit zwei Flügeln“, meinte Caterina.

„Du glaubst, dass Leonardos Flugapparat wirklich funktionieren könnte?“, fragte Salai erstaunt.

„Wenn es einer schafft, so eine Maschine zu bauen, dann Leonardo“, antwortete Caterina. „Was wohl die Kirche dazu sagen würde, wenn ein Mensch in den Himmel aufsteigt? Ob man mit dem Flugapparat die Engel in den Wolken besuchen könnte? Und den Heiligen Geist?“

Salai runzelte die Stirn. „Den Geistlichen würde es wohl einen gehörigen Schrecken einjagen, wenn sich jemand zum Herrgott in die Höhe wagen würde. Aber der ein oder andere Herrscher oder König würde sicher gerne einmal die Erde von oben betrachten“, überlegte er. „Er würde von allen anderen Machthabern beneidet werden.“

„Was braucht man denn, um so eine Flugmaschine zu bauen?“, wollte Caterina von Salai wissen.

„Leonardo erwähnte einmal, er würde sehr viel Stoff, Leder und Bambus benötigen. Aber das Material sei viel zu teuer für ihn. Deswegen konnte er bis heute nicht mit dem Bau der Erfindung beginnen.“

„Dann wissen wir also bereits, dass der Dieb wohlhabend sein muss und große Mengen an Baumaterial braucht“, folgerte Caterina.

„Oder es ist ein Vertreter der Kirche, der verhindern will, dass sich Menschen mit der Flugmaschine an göttliche Orte begeben, die nicht für sie bestimmt sind“, überlegte Salai.

„Es kann aber auch ein religiöser Eiferer dahinter stecken, der als Erster den Himmel erkunden und auf diesem Weg viele Anhänger gewinnen möchte“, ergänzte Caterina.

„Oje, dann gibt es viele Verdächtige.“ Salai kratzte sich am Kopf. „Wo sollen wir denn da nur anfangen zu suchen?“

„Gehen wir zunächst davon aus, dass der Täter den Flugapparat wirklich bauen will“, schlug Caterina vor. „Das kommt mir am wahrscheinlichsten vor. Dann wird er sich so schnell wie möglich an Händler wenden, um die nötigen Materialien zu kaufen.“

„Also müssen wir auch zu den Händlern gehen, um den Dieb zu erwischen“, führte Salai die Gedanken seiner Freundin fort.

„Genau! Und ich weiß auch schon, zu wem wir als Erstes gehen: zu Stefano Pius!“, schlug Caterina vor. „Mein Vater sagt doch immer: Keiner hat besseres Tuch als Pius! Und wenn der Täter die Flügel des Flugapparates mit Stoff bespannen will, braucht er gute Qualität!“

„Dann los!“ Salai drehte sich um und rannte aus der Werkstatt. Der Maestro würde bestimmt nicht begeistert sein, wenn Salai schon wieder unerlaubt das Haus verließ, um auf eigene Faust Nachforschungen anzustellen. Sie beeilten sich besser, bevor Leonardo zurückkam.

Gemeinsam gingen sie durch die sonnigen Gassen von Florenz, vorbei an dem *Palazzo Vecchio* mit seinem hohen Glockenturm, bis sie vor dem Laden von Stefano Pius standen.

„Und jetzt?“, fragte Salai seine Freundin. „Wird Stefano Pius es nicht merkwürdig finden, wenn wir ihn über seine Kunden ausfragen?“

„Lass mich nur machen“, erwiderte Caterina mit einem Zwinkern und betrat den Laden.

„*Buon giorno,* Signor Pius!“, grüßte sie einen mittelgroßen Mann in engen Hosen und einer roten Jacke, die mit einem Gürtel zusammengehalten wurde.

„Ah, die hübsche Signorina Caterina!“, rief der Händler erfreut aus. „Was kann ich für dich und deinen werten Vater tun?“

Caterina tat so, als ob sie die Frage gar nicht gehört hätte. „Wie geht es Euch?“, fragte sie stattdessen zurück.

„Danke, danke!“, antwortete Stefano Pius freundlich. „Ich kann nicht klagen.“

„Man hört aber“, flunkerte Caterina, „dass die Geschäfte bei Euch nicht mehr so gut gehen wie in früheren Zeiten!“

„Wer behauptet denn so etwas? Etwa dein Herr Vater?", empörte sich Pius. „Heute Morgen hatte ich noch keine ruhige Minute, so viele Kunden haben mich aufgesucht. Gerade eben war noch Bruder Antonio aus dem Kloster Annunziata hier und bat mich, große Mengen Baumwollstoff für ihn zu besorgen."

„Was wollen die Mönche denn mit so viel Stoff?", fragte Caterina und hielt den Atem an.

„Woher soll ich das wissen?", fragte der Händler zurück, der wegen Caterinas Bemerkung immer noch gekränkt schien. „In einem großen Kloster braucht man Stoff für alles Mögliche. Und überhaupt: Warum interessiert euch das?"

Zum Glück blieb Caterina und Salai die Antwort erspart, denn in diesem Moment öffnete sich die Ladentür. Ein edel gekleideter Mann mit einem goldbestickten Umhang und einem vornehmen Federhut trat ein.

Sofort wandte sich der Händler ihm zu und machte eine tiefe Verbeugung. „Luigi de Me…“, begann er.

Doch noch bevor er den Namen zu Ende sprechen konnte, wurde er unwirsch unterbrochen. „Schon gut, Stefano“, fuhr der elegante Herr ihn an. „Lasst das. Ich muss unter vier Augen mit Euch sprechen!“

„Hört ihr nicht, was er sagt?“, herrschte Stefano Pius nun Caterina und Salai an und riss seine Ladentür auf. „Hinaus mit euch! Ihr wart sowieso schon neugierig genug.“

„Das war aber nicht gerade freundlich“, bemerkte Salai auf der Straße.

„Stimmt“, antwortete Caterina. „Aber gelohnt hat sich das Gespräch mit Stefano allemal. Wer ist der Mönch Antonio, der ausgerechnet heute so viel Stoff bestellt? Und warum durften wir nicht im Laden bleiben, als der neue Kunde kam?“

„Wie war sein Name, Luigi de Me…?“, überlegte Salai. „Wohlhabend war er bestimmt. Hast du seinen bestickten Umhang gesehen?“

„Und erst der Hut! Ob das eine Pfauenfeder an der Krempe war?“ Caterina zupfte ein wenig an ihrem fleckigen Kleid.

„Auf jeden Fall sollten wir ihn im Auge behalten“,

schlug Salai vor. „Ewig wird er ja nicht bei Stefano bleiben."

„Du meinst, wir verfolgen ihn?"

„Ja, das meine ich", entgegnete Salai. „Luigi sollten wir uns näher anschauen."

„Dann warten wir eben", seufzte Caterina. „Am besten auf der anderen Straßenseite."

Die beiden überquerten die Straße und warteten einige Minuten im Schatten eines Hofeingangs. Dann trat Luigi aus dem Laden und drehte sich nach allen Seiten um, bevor er schnellen Schrittes losging.

Sobald die Tür hinter ihm ins Schloss fiel, huschte ein Mann im dunklen Umhang verstohlen in den Laden.

„Hinterher“, flüsterte Caterina und gab Salai einen sanften Stoß mit dem Ellenbogen. „Worauf wartest du?“

„Schon gut“, erwiderte Salai zögernd. „Hast du gesehen, wer da gerade in den Laden hineingegangen ist?“

„Wir dürfen Luigi nicht aus den Augen verlieren“, entgegnete Caterina bloß. „Los!“

Salai und Caterina folgten dem vornehmen Herrn durch die Straßen von Florenz. Dabei bemühten sie sich, immer so viel Abstand zu halten, dass er sie nicht bemerkte. Auf dem belebten Marktplatz mit seinen Fisch-, Wein- und Gewürzständen verloren sie ihn beinahe aus den Augen. Erst im letzten Augenblick entdeckte Caterina ihn wieder.

Schließlich gelangten sie zur *Via Santa Elisabeta.* Dort verlangsamte sich der Schritt von Luigi. Caterina und Salai gingen ebenfalls langsamer.

„Gnade, eine kleine Spende!" Ein Bettler trat unvermittelt aus einem Hauseingang und fasste Caterina am Arm. „Habt Mitleid mit mir armen Sünder!"

„Wir haben nichts, was wir dir geben könnten", antwortete Caterina freundlich. Doch der Bettler stellte sich ihnen mitten in den Weg und fasste mit der anderen Hand auch Salais Arm.

„Eine kleine Spende, nur ein Bissen Brot ..."

„Aus dem Weg", fuhr Salai den Bettler an und versuchte, ihn zur Seite zu schieben.

Erst nach einigem Gezerre gab der auf und ging mit einem wütenden „Schert euch zum Teufel!" weiter.

Salai blickte sich um, doch er konnte Luigi nicht mehr entdecken. „Hast du gesehen, wo er hingegangen ist?", fragte er seine Freundin hastig.

„Er ist in einem der Häuser verschwunden", antwortete Caterina und zeigte auf die Häuserfront ihnen gegenüber. „In welches Haus er gegangen ist, konnte ich aber auch nicht sehen."

Enttäuscht blickten die beiden auf die gegenüberliegende Straßenseite. Doch auf einmal rief Caterina: „Da! Ich weiß, in welchem Haus er ist!"

In welchem Haus hat Caterina Luigi gesehen?

Eine heiße Spur

„Jetzt sehe ich ihn auch!“ Salai zeigte mit dem Finger auf das Fenster, hinter dem Luigis Hut mit der großen Feder zu sehen war. „Aber was macht er nur in diesem Haus? Da wohnt doch Signora del Giocondo. Ob er sie besucht?“

„Die Signora, die dein Meister gerade malt?“, fragte Caterina nach. „Das würde passen: Lisa del Giocondo lenkt Leonardo ab, unterhält sich mit ihm und Luigi schleicht sich währenddessen unbemerkt ins Haus.“

„Möglich ...“, antwortete Salai, „aber es kann auch Zufall sein, dass die beiden sich kennen. Du weißt doch, was man sagt: In Florenz kennen sich alle.“

„Und wie erklärst du dir sein verdächtiges Verhalten bei Stefano Pius? War das auch ein Zufall?“, fragte Caterina nach.

„Nein, natürlich nicht, aber trotzdem ... Signora del Giocondo hat mit Sicherheit kein Interesse an Leonardos Erfindungen.“

„Sie selbst nicht, aber vielleicht bekommt sie von diesem Luigi Geld für ihre Mithilfe“, versuchte Caterina, Salai zu überzeugen. „Oder sie ist in Luigi verliebt und macht alles, was er sagt.“

„Es kann auf jeden Fall eine Weile dauern, bis er das Haus wieder verlässt“, überlegte Salai. „Und wir können hier nichts mehr tun.“

„Was schlägst du vor?“, fragte Caterina und starrte weiter auf das Haus, als ob sie durch seine Wände sehen wollte.

„Wir sollten die Zeit besser nutzen, anstatt uns hier die Beine in den Bauch zu stehen. Ich kann mir Signora del Giocondo nicht als Diebin oder als Verbündete des Diebes vorstellen, dafür bewundert sie Leonardo viel zu sehr. Lass uns weitere Händler befragen, vielleicht verfolgen wir eine falsche Spur", antwortete Salai.

„Also gut", seufzte Caterina. „Was hältst du davon, wenn wir zum Markt gehen?"

Schnell liefen sie die *Via Santa Elisabeta* wieder hinunter und befanden sich kurz darauf auf dem Marktplatz. Der Geruch von Fisch und verschiedenen Gewürzen stieg ihnen in die Nase. Überall drängten sich Menschen und Tiere. Neben Caterina rumpelte ein Wagen so dicht vorbei, dass sie schnell zur Seite springen musste.

Salai packte seine Freundin am Ellenbogen und zog sie mit sich. „Lass uns zu Signor Piero gehen, er hat dahinten seinen Stand", schlug er vor. „Leonardo kauft oft bei ihm ein. Er handelt mit Farben, Gewürzen, Wein und allem, was du dir vorstellen kannst."

Caterina ließ sich durch die Menschenmenge zie-

hen. „Frischer Fisch“, rief ihr ein Händler ins Ohr. „Probiert diese köstlichen Oliven!“, versuchte ein anderer, ihre Aufmerksamkeit zu erringen.

Aber sie achteten nicht auf die Verlockungen um sie herum und gingen zielstrebig weiter. Bald standen sie vor dem Stand, den sie gesucht hatten.

„Guten Tag, Signor Piero“, begrüßte Salai den Händler, der hinter einem Berg von Flaschen und Töpfen stand. „Was für schöne Farben Ihr heute wieder habt!“

„Braucht Maestro Leonardo welche?“, fragte der kleine Mann und kniff die Augen zusammen. Er deutete mit seinen Wurstfingern auf die Waren vor sich. „Von Kobaltblau bis Smaragdrot: Ich habe alles!“

„Ihr wisst doch, dass Leonardo seine Farben selber anrührt“, entgegnete Salai. „Aber wenn Ihr vielleicht gutes Tuch da hättet ...“

„Ach, was soll das? Siehst du hier irgendwo Stoff?“, fragte Piero enttäuscht und ein bisschen ärgerlich, als er die Aussicht auf ein Geschäft mit Salai schwinden sah. „Maestro Leonardo braucht große Mengen Stoff für eine neue Erfindung“, schaltete sich jetzt Caterina ein. Dabei machte sie mit zwei Fingern ein Kreuz hinter dem Rücken und erlegte sich selbst ein Ave Maria als Buße für diese kleine Notlüge auf. „Könnt Ihr uns vielleicht einen Rat geben, wo wir Tuch für den Maestro besorgen können?“

„*All'inferno*, zur Hölle!“, rief der kleine Händler aus und verdrehte die Augen. „Was ist denn heute nur los? Eben hat mich jemand gefragt, ob ich Kork und Bambus für ihn besorgen könne, jetzt fragt ihr mich nach Stoff. Nur meine Farben und Gewürze will niemand kaufen! Ich komme in viele Länder und biete Waren bester Qualität an, aber ich kann doch wirklich nicht mit allem handeln."

„Kork und Bambus?", hakte Salai ungläubig nach. „Seid Ihr sicher?"

„Natürlich bin ich sicher." Piero streckte sich nervös, um zu sehen, ob hinter Salai und Caterina bereits andere Kunden warteten.

„Könnt Ihr uns sonst noch etwas über den Mann sagen?", fragte Caterina aufgeregt. „Wie sah er aus? Hatte er einen Umhang an?"

„Ich glaube schon, ja, einen Umhang hatte er an." Piero verlor sichtlich die Geduld. „Aber jetzt muss ich wirklich weitermachen." Laut rief er aus: „Gewürze! Leuchtende Farben aus fernen Ländern! Kommt zu Piero ..."

„Signor Piero", versuchte Salai es ein letztes Mal. „Hat Euch der Fremde gesagt, wofür er den Kork und den Bambus benötigt?"

„Nun reicht es aber! Ich habe Wichtigeres zu tun, als mich mit meinen Kunden darüber zu unterhalten, wofür sie die Ware brauchen", entgegnete Piero aufgebracht. „Ich war sowieso wütend auf ihn: Erst hat er mich nach allem Möglichen ausgefragt, und dann hat er doch nichts gekauft. Genauso wie ihr. Deswegen habe ich auch seinen Zettel, den er neben den

Farbtöpfen liegen gelassen hat, einfach auf den Müll geworfen. So einem trage ich nichts hinterher. Wäre ja noch schöner! Das ist doch wirklich ..."

Caterina und Salai verdrückten sich, ohne das Ende von Pieros zornigem Redeschwall abzuwarten. Sie hatten genug gehört. Vorsichtig schlichen sie zu dem Müllhaufen, der sich ein Stück weit hinter Pieros Stand türmte.

„Ob dieser Luigi schon in den frühen Morgenstunden bei Piero war? Bevor er zu Stefano gegangen ist?", fragte Caterina, als sie sicher war, dass Piero sie nicht mehr hören konnte. „Die Kleidung würde passen: Er trug doch einen dunklen Umhang."

„Schon möglich", entgegnete Salai. „Aber erst einmal müssen wir jetzt ein wenig im Müll suchen. Vielleicht steht etwas Wichtiges auf dem Zettel, von dem Signor Piero gesprochen hat."

Die beiden blickten angeekelt auf den Abfall, der sich vor ihnen häufte. Verfaultes Obst und Gemüse lag neben schimmligem Brot, zerbrochenen Tongefäßen und Glasscherben. Alles, was die Händler nicht mehr brauchten, warfen sie auf den Haufen: Vielleicht konnten die Bettler und Straßenhunde ja noch etwas damit anfangen.

Caterina nahm sich einen Stock und stocherte widerwillig im Unrat herum. Sie drehte eine kaputte Kiste mit fauligen Äpfeln um, erschreckte dabei jedoch nur eine Katze, die fauchte und mit gesträubtem Fell davonlief.

Salai deutete auf eine zerbrochene Weinflasche, die denen an Pieros Stand ähnlich sah. „Schau mal, Caterina, vielleicht sollten wir dort genauer suchen."

Caterina nahm ihren Stock und wühlte an der Stelle weiter, die Salai ihr gezeigt hatte. Schließlich zog sie einen zerknüllten Zettel hervor und hielt ihn hoch. „Ich glaube, ich habe etwas gefunden", sagte sie stolz.

Salai nahm ihr den Papierfetzen aus der Hand und strich ihn glatt. Viele Buchstaben waren jedoch durch den Schmutz und die Feuchtigkeit nicht mehr zu entziffern.

„Oh, das kann doch keiner mehr lesen“, sagte Caterina enttäuscht.

Doch Salai gab nicht so schnell auf. Er dachte einen Moment angestrengt nach. Dann meinte er: „Ich glaube, ich kann trotz der fehlenden Buchstaben lesen, was auf dem Zettel steht!“

? *Was ist auf dem Zettel zu lesen?*

Der Gesandte des Königs

„Kork, Bambusrohre und Schweinsleder für Taucheranzug“, las Salai seiner Freundin vor.

„Der Täter will also einen Taucheranzug bauen“, stellte Caterina fest. „Dieser Zettel beweist, dass wir wirklich dem Dieb von Leonardos Notizbuch auf der Spur sind!“

„Ja, offensichtlich“, erwiderte Salai. „Aber was sollen wir als Nächstes machen? Wir wissen nicht sicher, ob dieser Luigi hinter dem Diebstahl steckt. Und wir kennen nicht einmal seinen vollen Namen!“

„Wir sollten Leonardo von unseren Entdeckungen berichten“, warf Caterina ein. „Wir müssen ihm davon erzählen, dass wir Luigi bei Stefano und Lisa beobachtet haben. Und wir müssen ihm den Zettel zeigen.“ Caterina deutete auf das feuchte Papier, das Salai noch in den Händen hielt.

Salai zögerte. Nur zu genau erinnerte er sich daran, wie ärgerlich Leonardo über sein Verhalten gewesen war. Aber im Grunde wusste Salai, dass Caterina recht hatte. Und früher oder später musste er seinem Lehrer ohnehin wieder unter die Augen treten.

„Also gut“, willigte er endlich ein. „Gehen wir nach Hause und berichten Leonardo, was wir herausgefunden haben.“

Kurze Zeit später waren Caterina und Salai zurück in Leonardos Werkstatt. Der Maestro stand unbeweglich vor seiner Staffelei und betrachtete gedankenverloren das Bildnis Signora del Giocondos.

„Maestro Leonardo“, begann Caterina vorsichtig und näherte sich der Staffelei. „Wenn es Euch nicht zu sehr stört, würden wir Euch gerne etwas mitteilen.“

„Ah, Caterina.“ Leonardo blickte auf und lächelte erfreut, wie immer, wenn er das lebhafte Mädchen sah. „Du bist jederzeit willkommen!“

Jetzt trat auch Salai einen Schritt vor. Bevor Leonardo etwas sagen konnte, hielt ihm sein Schüler den fleckigen Zettel entgegen. „Wir müssen Euch etwas sagen! Wir sind dem Dieb dicht auf den Fersen und wir werden Euer Notizbuch wieder ..."

„Langsam, Salai." Leonardo runzelte die Stirn, doch er wirkte nicht mehr so wütend wie am Abend zuvor. „Was habt ihr ohne mein Wissen getrieben? Du solltest doch die letzten Pferdeskizzen überarbeiten."

Aufgeregt erzählten Salai und Caterina, was sie in Stefanos Laden erfahren hatten, wie sie dem geheimnisvollen Luigi bis zu dem Haus von Signora del Giocondo gefolgt waren und von der Notiz, die sie bei Pieros Stand gefunden hatten.

Leonardo warf einen Blick auf den verschmierten Zettel. „Der Täter ist also an einem Taucheranzug interessiert", murmelte er nachdenklich. „Es stimmt, in meinem Notizbuch sind auch Skizzen und Berechnungen dazu, wie ein Mensch auf dem Meeresboden gehen kann und trotzdem mit Sauerstoff versorgt wird."

„Aber wozu ist das notwendig?", fragte Caterina mit großen Augen. „Weshalb sollten Menschen unter Wasser gehen können?"

„Ich kam auf die Idee, als die türkische Flotte vor einigen Jahren vor Venedig lag. Um die feindlichen Schiffe zu vernichten, habe ich den Plan einer ‚Unterwasser-Armee' entwickelt. Stellt euch vor: Soldaten, die sich in Anzügen unter Wasser bewegen können! Die Anzüge sind aus Schweinsleder gefertigt und haben Helme mit Glasaugen. Ein Bambusrohr, das von dem Helm zur Wasseroberfläche führt, sorgt dafür, dass der Träger des Anzugs atmen kann. Damit das Bambusrohr über der Wasseroberfläche bleibt, endet es in einem Korkgehäuse, das auf dem Wasser schwimmt. So kann der Taucher atmen und ist flink wie ein Fisch." Während Leonardo seine Erfindung erklärte, zeichnete er sie mit schnellen Strichen auf ein Blatt Papier.

„Ich verstehe aber immer noch nicht, was das mit der türkischen Flotte zu tun hat", meinte Caterina verwirrt.

„Ganz einfach. Wenn eine Stadt wie Venedig durch eine Flotte bedroht wird, könnten Soldaten in Taucheranzügen die Schiffe heimlich von unten zerstören, sie so zum Kentern bringen und die Stadt mit ihren Einwohnern bliebe verschont."

„Stimmt", sagte Salai und war wieder einmal von dem Geist seines Lehrers beeindruckt. „Aber es ist nicht auszudenken, was geschehen könnte, wenn diese Pläne in feindliche Hände gelangen!“

„Genau, dann wären andererseits auch unsere Flotten in Gefahr!“ Caterina kaute besorgt an einer Haarsträhne. „Habt ihr aufgrund dessen, was wir herausgefunden haben, denn gar keinen Verdacht, wer der Dieb sein könnte, Maestro?“

Leonardo fuhr sich nachdenklich über seinen grauen Bart. „Nun, ich kann mir zwar vorstellen, dass Mönche Gefallen daran finden würden, in den Himmel zu fliegen. Ich glaube aber nicht, dass sie Interesse an einer Taucher-Armee haben.“

„Dann scheidet Bruder Antonio aus dem Kloster also aus“, beendete Salai den Gedanken seines Lehrers.

„Aber ich muss zugeben, dass ich die Bekanntschaft zwischen diesem Luigi und Lisa merkwürdig finde“, fuhr Leonardo fort. „Das ist ein seltsamer Zufall.“

„Aber Meister Leonardo, sagt Ihr nicht selbst immer, dass in Florenz jeder jeden kennt?“, wandte Salai ein.

„Das ist richtig. Doch

ich erinnere mich, dass ich mich neulich auf einem Fest lange mit einem gewissen Luigi über meine Erfindungen unterhalten habe. Vielleicht war das euer Verdächtiger aus Stefanos Laden. Die Beschreibung könnte passen. Ich glaube, er hat erzählt, dass er in der Nähe der Stadtmauer direkt gegenüber vom beschädigten Turm wohnt", entgegnete Leonardo.

Ein lautes Klopfen an der Haustür riss sie aus ihren Überlegungen.

„Signor da Vinci", drang eine Stimme von der Straße nach oben in die Werkstatt. „Seid Ihr zu Hause?"

„Geh nach unten und öffne", wies Leonardo seinen Schüler an. „Aber mach die Tür anschließend wieder zu!"

Salai wurde rot, sprang schnell auf und kam kurze Zeit später mit einem mageren Mann in hellen Strümpfen, einer Samtjacke und wehendem Umhang wieder.

„Maestro! Gestattet, dass ich mich vorstelle: Mein Name ist Jacopo di Grazie und ich komme im Auftrag des französischen Königs." Der Mann verbeugte sich tief vor Leonardo und machte eine galante Geste. „Es ist mir eine Ehre, einen so genialen Geist wie den Euren kennenlernen zu dürfen."

Caterina fing an zu kichern und Salai grinste breit. Leonardo warf ihnen einen strengen Blick zu.

„Mein Herr, Ludwig XII., hat von Eurem beeindruckenden Talent gehört. Ich bin gekommen, um mehr Wissen über Euer Wirken zu erlangen. Der König gedenkt, Euch an seinen Hof zu rufen, sollte auch nur die Hälfte von dem stimmen, was über Euch erzählt wird“, erklärte Jacopo weiter, der jetzt wieder aufrecht stand und mit schnellen Blicken die Werkstatt des Meisters musterte.

„Es freut mich, dass der König von meiner Arbeit gehört hat“, erklärte Leonardo geschmeichelt. Offenbar dachte er an seinen leeren Geldbeutel und an die Möglichkeiten, die ihm im Dienst des französischen Königs zur Verfügung stünden. „Salai, besorge uns rasch guten Wein, frisches Brot und Käse“, wandte sich Leonardo an seinen Schüler und gab ihm ein paar Münzen.

Salai steckte sie in seine Leinenhose, nickte Caterina auffordernd zu und verließ mit ihr zusammen die Werkstatt.

„Was für ein seltsames Benehmen“, lachte Salai draußen und machte die elegante Verbeugung des Gesandten nach.

„Und wie er mit den Händen rumgefuchtelt hat“, kicherte Caterina. „Hast du den Siegelring an seinem kleinen Finger gesehen? Der hat ja fast die ganze Hand bedeckt.“

Prustend zogen die beiden los, um für Leonardo und seinen Gast einzukaufen. Als sie im Laden vor dem frischen Schinken, dem duftenden Käse und den süßen Honigbonbons standen, vergaßen sie für einen Moment die Ereignisse der letzten Stunden. Doch schon auf dem Rückweg fiel Salai das gestohlene Notizbuch wieder ein.

„Glaubst du wirklich, dass dieser Luigi der Täter ist?“, fragte Salai seine Freundin nachdenklich.

„Wir können ihm natürlich nichts nachweisen“, erwiderte sie. „Aber es spricht immerhin einiges dafür.“

„Dann habe ich einen Vorschlag: Wir werden heute Nacht einen Ausflug machen!“ Salai klemmte sich das Weißbrot fester unter seinen Arm. „Und zwar in das Haus des Luigi.“

Caterina sah ihn erstaunt an. „Was willst du denn da machen?“

„Wenn er wirklich der Täter ist, werde ich auch Spuren finden: eine Werkstatt, Material für die Erfindungen, das Notizbuch, irgendwas“, erklärte Salai. „Wir müssen schließlich etwas unternehmen.“

„Das stimmt, wir müssen etwas unternehmen“, echote Caterina.

Als sie in der Eingangshalle des Hauses standen, hörten die beiden Stimmen aus der Werkstatt. „Und wenn die Druckverhältnisse des Wassers mit denen der Luft gleichzusetzen sind, also in beiden Fällen Wellenbewegungen …“, erklärte Leonardo seinem Besuch gerade. Salai brachte die Lebensmittel seinem Lehrer und stieg dann wieder die Treppen zu Caterina hinunter.

„Lass uns in die Bibliothek gehen. Dort hat Leonardo einen Plan von Florenz, auf dem wir nachschauen können, wo Luigi genau wohnt“, schlug er vor.

Caterina schaute Salai verwundert an. Dann erinnerte sie sich an die Worte von Leonardo. Hatte er nicht etwas von einem beschädigten Turm der Stadtmauer gesagt?

„Einverstanden!“, sagte sie. Kurze Zeit später beugten sich die beiden über den Stadtplan von Florenz.

„Also, wir wohnen hier …“, murmelte Salai und fuhr mit dem Zeigefinger über den Stadtplan. Gleich darauf blickte er grinsend wieder auf. „Ich hab’s! Ich weiß, wo wir heute Nacht hinmüssen!“

? *Wo wohnt Luigi?*

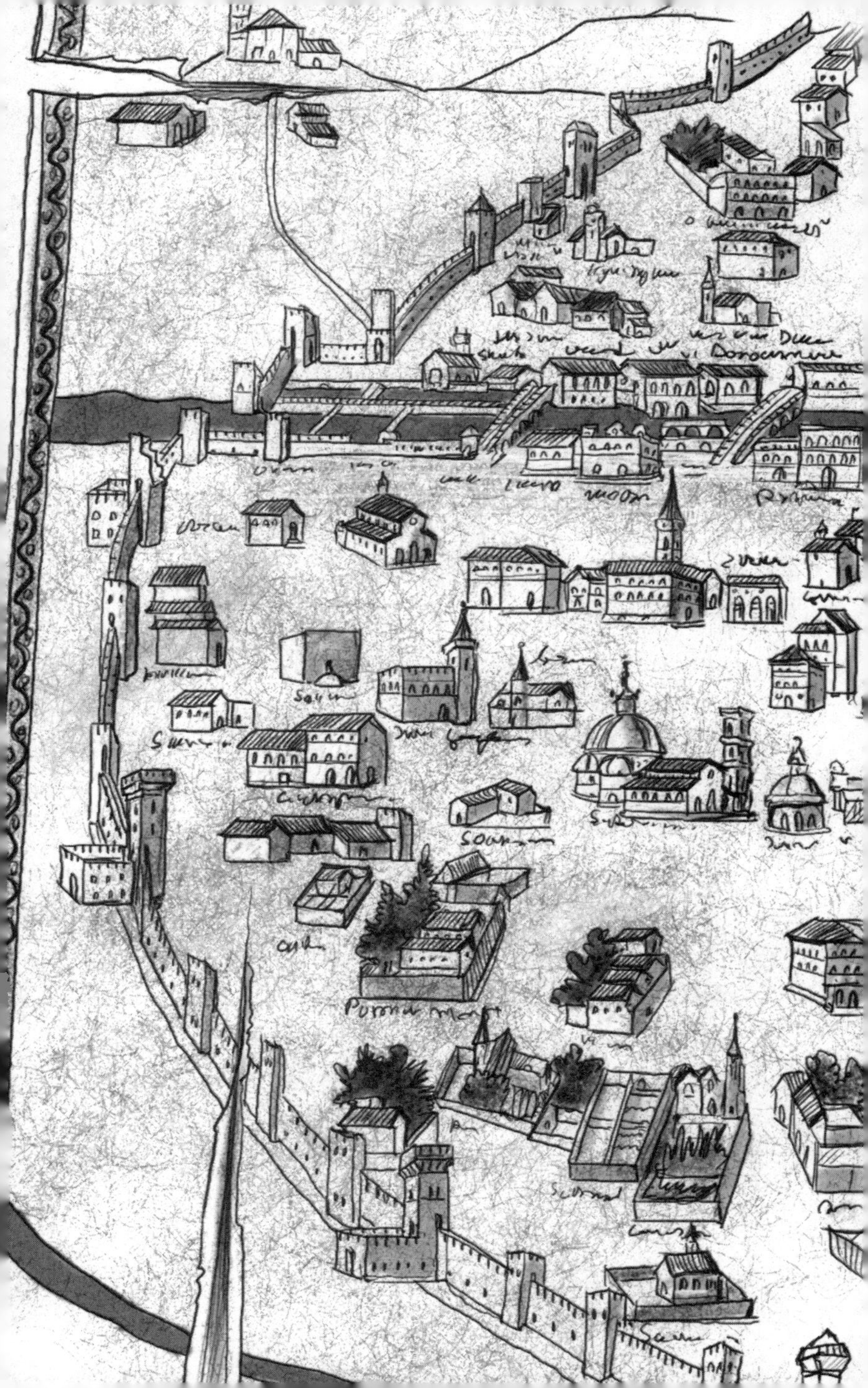

Nächtliches Abenteuer

Am Abend ging Salai früh in sein Zimmer, legte sich angezogen aufs Bett und versuchte, nicht einzuschlafen. Er würde wach bleiben und später in der Nacht Caterina wecken, um mit ihr zu Luigis Haus bei dem beschädigten Turm zu gehen. Er musste das Notizbuch einfach finden!

Doch noch während Salai überlegte, wie er am besten wach blieb, fielen ihm seine Augen zu und er schlief unruhig ein.

„Wach auf!" Es klopfte leise an Salais Fenster. Salai war sofort hellwach.

„Caterina?", flüsterte er. „Wie spät ist es?"

Doch statt ihre Antwort abzuwarten, nahm er schnell einen kleinen Hocker, schob ihn vor das Fenster, kletterte lautlos hinaus und stand einen Moment später verlegen vor seiner Freundin.

„Mach schon, du Schlafmütze", wisperte Caterina mit einem spöttischen Grinsen und lief los.

Die Straßen von Florenz lagen dunkel und leer vor ihnen. Nur durch die Fensterläden der Wirtshäuser drang schwaches Licht und ab und zu war das laute Lachen der Gäste zu hören. Caterina hastete so schnell durch die Finsternis, dass Salai kaum mitkam.

Kurze Zeit später erreichten die beiden atemlos den Turm und erkannten sofort ein vornehmes Anwesen, das sich direkt gegenüber befand. Alle Fensterläden und Türen waren geschlossen. Ratlos blickten Caterina und Salai an der Front des Hauses hoch.

„Und jetzt?“, fragte Caterina ratlos. „Hier kommt nicht einmal eine Maus unbemerkt hinein!“

„Die Fenster sind alle fest verschlossen“, überlegte Salai. „Jemand muss uns die Tür aufmachen. Anders kommen wir nicht in das Haus.“

„Mir ist wirklich nicht nach Witzen zumute“, flüsterte Caterina.

„Das war kein Witz“, entgegnete Salai ruhig. Dann erklärte er ihr, was er vorhatte. Nach einigem guten Zureden willigte Caterina schließlich ein, seinen Plan auszuprobieren.

„Aufmachen!“, rief Caterina kurze Zeit später mit flehender Stimme und klopfte an die Haustür. „Oh, habt Erbarmen, öffnet mir die Tür! Gebt mir ein Glas Wasser und ein Stück Brot!“

Sie hatte ihr Gesicht und ihre Hände mit Staub und Erde beschmiert. Ihre Haube saß noch schiefer als sonst auf dem Kopf und unter ihrem zerschlissenen Kleid schauten ihre nackten Füße hervor. Sie drückte ihre Hände auf den Bauch und stöhnte erbarmungswürdig. Es dauerte nicht lange, bis sie drinnen Schritte hörte. Die Haustür wurde aufgerissen und ein alter Diener stand vor ihr.

„Bist du wahnsinnig geworden“, zischte

er sie erbost an. „Du weckst noch die gesamte Herrschaft und die Nachbarn dazu! Verschwinde!"

„Oh, im Namen Jesu, des Barmherzigen, gebt einer armen Bettlerin eine milde Gabe! Ich bitte nur um trockenes Brot und ein wenig zu trinken", stöhnte Caterina weiter. Dabei drückte sie noch fester auf ihren Bauch. „Gebt mir unwürdigen Sünderin das, was Ihr ohnehin nicht mehr braucht."

Der Diener schaute in ihr Gesicht und murmelte: „So ein junges Ding. Sie zählt doch höchstens zwölf Jahre", während Caterina weiterjammerte und flehte.

„Wenn du mir versprichst, leise zu sein und dann gleich weiterzuziehen, werde ich sehen, ob ich etwas für dich finde", sagte er schließlich.

„*Mille grazie*!", sagte Caterina und bekreuzigte sich. „Gott sei mit Euch." Der Diener lehnte die Tür an und schlurfte offenbar zur Küche.

Schnell drehte sich Caterina um und gab Salai, der dicht an die Hauswand gepresst gewartet hatte, ein Zeichen. Im nächsten Augenblick stand Salai neben Caterina, öffnete die Haustür einen Spalt und schlüpfte hinein. Gerade noch rechtzeitig, bevor der Diener wieder zurückkam, versteckte er sich hinter einem Ledersessel, der im Flur stand.

„Was für eine barmherzige Seele Ihr doch habt! Ich

danke Euch“, lenkte Caterina den nichts ahnenden Diener ab, während sie sich für diese Flunkerei selbst zehn Vaterunser auferlegte. Hastig trank sie das Glas Wasser, das der Mann ihr reichte, nahm den Kanten Brot und verschwand in der Dunkelheit.

„Puh!“, dachte Salai, der mit einem Grinsen das Schauspiel seiner Freundin beobachtet hatte. „Im Haus bin ich schon mal. Das wäre geschafft!“

Er wartete, bis der Diener wieder in einem der Zimmer verschwand. Dann blieb er noch eine Weile stehen und lauschte in die Dunkelheit. Als er sicher war, dass alles ruhig blieb, schaute er sich vorsichtig um. Seine Augen hatten sich inzwischen an die Dunkelheit gewöhnt und er spähte in den langen Flur.

„Vermutlich geht es hier direkt zum Hinterhof“, überlegte Salai. Langsam und vorsichtig schlich er zum Ende des Ganges, bis er vor einer Eichentür stand. Behutsam drehte Salai den Türknauf um und schaute hinaus: Im schwachen Mondlicht sah er den Hinterhof des Hauses, dessen Mittelpunkt ein mächtiger Mandelbaum bildete. Am hinteren Ende des Hofes zeichneten sich die Umrisse von Pferdeställen und einem alten Schuppen ab.

Salai war trotz seiner Angst von der Größe und Schönheit des Anwesens beeindruckt. Er beschloss, zuerst einmal zu dem alten Schuppen zu schleichen. Wenn ihr Verdächtiger etwas zu verstecken hatte, dann würde er es wohl am ehesten dort finden.

Wie ein Schatten huschte er weiter zur Hofmitte. Ein Pferd im Stall wurde unruhig, wieherte und schlug mit dem Huf gegen die Wand. Mit klopfendem Herzen wartete Salai hinter dem Stamm des Mandelbaumes. Doch anscheinend war niemand von dem Lärm aufgewacht und nach einiger Zeit beruhigte sich auch das Pferd wieder.

Als der Mond für einen Augenblick hinter den Wolken verschwand, nahm Salai einen tiefen Atemzug und lief weiter zum Schuppen. Hastig schob er den Riegel beiseite und schlüpfte hinein. Er stieß gegen etwas Kaltes und streckte tastend seine Hand aus. Das musste ein Amboss sein.

Die Wolken verschwanden und auf einmal fiel der Mondschein gleichzeitig durch die Tür und das Fenster des Schuppens. Salai erkannte, dass Hämmer und Hufeisen an den Wänden hingen. Der Besitzer des Hauses schien eine eigene Schmiede zu haben, um seine Pferde zu beschlagen.

„Groß ist der Schuppen ja nicht“, überlegte Salai. „Hier ist bestimmt kein Platz, um eine Erfindung Leonardos zu bauen!“

Trotzdem wollte er ganz sicher sein, dass er nichts übersah. Vielleicht gab es von hier einen geheimen Zugang zu einem größeren Raum? Salai tastete sich weiter. Dabei suchte er die Wände nach Unebenheiten ab, die eine Geheimtür vermuten ließen, aber er entdeckte nichts Ungewöhnliches. Er wollte schon wieder umkehren, als er mit seinem Fuß gegen etwas Hölzernes stieß.

„Autsch", rief er verärgert aus und befühlte seinen großen Zeh. „So ein Mist, was steht denn da auf dem Boden rum!" Salai bückte sich und erkannte eine Truhe mit kunstvollen Schnitzereien, die gar nicht zu den sonstigen Gerätschaften in dem Schuppen passte.

„Jetzt wird es doch noch interessant", dachte Salai. Sofort machte er sich daran, die Truhe zu untersuchen.

„Wo ist denn nur das Schloss?", schimpfte er leise vor sich hin. Aber so aufmerksam er auch das Holz der Truhe abtastete, er fand keine Öffnung, in die ein Schlüssel gepasst hätte.

„So was!", staunte Salai. „Wie geht das Ding nur auf?" Seine Finger glitten langsam weiter. Auf einmal bemerkte er kleine Erhebungen, die ihn an Knöpfe erinnerten. Aufgeregt drückte er einen nach dem anderen hinunter, doch der Deckel rührte sich nicht.

Er zog die Truhe dichter an das Fenster, um sich im schwachen Mondlicht ihre Verzierung genauer anzusehen. Die Schnitzereien bestanden in Wirklichkeit aus verschnörkelten Buchstaben.

„Hm“, machte Salai. „Ob die Buchstaben vorgeben, in welcher Reihenfolge man die Knöpfe drücken muss? Vielleicht bilden sie ein Wort?“ Mit gerunzelter Stirn starrte er auf die Buchstaben.

„Ha!“, rief er schließlich triumphierend. „Das muss es sein!“

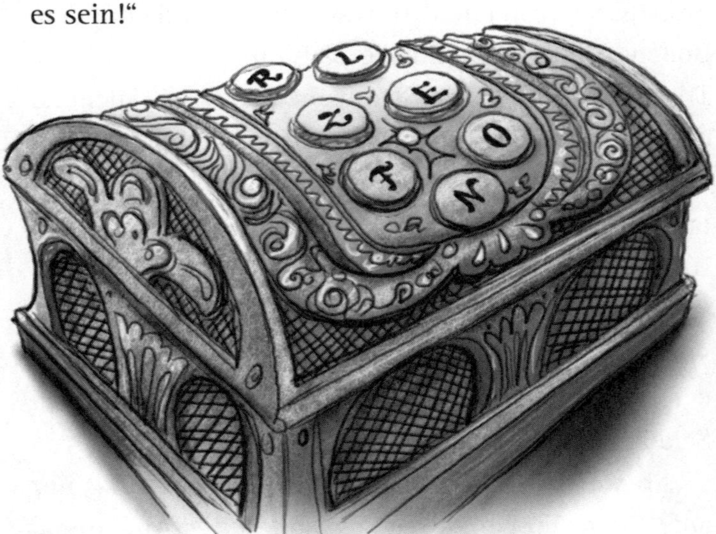

?

In welcher Reihenfolge muss Salai die Knöpfe drücken?

Die Einladung

„F-L-O-R-E-N-Z", murmelte Salai und drückte dabei die Knöpfe auf der Truhe hinunter.

Kaum hatte er den letzten Knopf gedrückt, sprang der Deckel der Truhe mit einem leisen Klacken auf. Mit klopfendem Herzen schaute Salai hinein, konnte aber in dem schwachen Licht nicht viel erkennen.

In seinem Innersten hoffte er, das Notizbuch von Leonardo zu finden, mit ihm nach Hause zu gehen und es seinem Meister wieder auf das Pult zu legen. Was würde Leonardo für Augen machen, wenn er seine Aufzeichnungen wiederhätte!

Aufgeregt griff Salai in die Truhe. Aber anstelle eines Buches fand er ein Bündel Briefe, Schriftstücke und Verträge.

„Seltsam", dachte Salai. „Warum versteckt dieser Luigi hier Unterlagen?" Salai öffnete den Knoten und versuchte, das oberste Dokument im Mondlicht zu entziffern. Unten auf dem Papier erkannte er das Siegel der Medici, der reichen florentinischen Herrscherfamilie, die in den letzten Jahren immer mehr von ihrer früheren Macht eingebüßt hatte.

„Luigi de Medici! Natürlich!", flüsterte Salai. „Luigi

gehört zum Geschlecht der Medici!" Gebannt blätterte er weiter.

Trotz der Dunkelheit gelang es ihm, einige Wörter zu entziffern. „Widerstand gegen die Franzosen!", las Salai erstaunt. „Die Medici sind die rechtmäßigen und alleinigen Herrscher von Florenz ...", „Zusammenschluss aller Medici für eine starke Regierung ..." Salai überflog hastig die Schriftstücke.

„Luigi de Medici will die alleinige Herrschaft seiner Familie über Florenz wiedererlangen", dachte Salai gerade, als er Schritte auf dem Hof hörte. Schnell duckte er sich unter das Fenster. In gebeugter Haltung stopfte er die Papiere zurück in die Truhe und schloss den Deckel.

„Die Medici haben nach wie vor großen Einfluss“, erkannte Salai die Stimme des Mannes, den sie am Morgen getroffen hatten. „Erst heute hat mir der Händler Stefano Pius erzählt, dass der Unmut über die Verwahrlosung in unserer Stadt wächst. Die Bevölkerung sehnt sich nach klaren politischen Verhältnissen und einer Führung, der sie vertrauen kann.“

Salai hielt den Atem an. Was immer Luigi de Medici für Pläne hatte, sie hatten bestimmt nichts mit Leonardos Erfindungen zu tun. Die Stimme war jetzt so nah, als ob Luigi direkt vor dem Fenster des Schuppens stand. Ob er mit seinem Gesprächspartner zu den Dokumenten wollte? Schweißperlen traten Salai auf die Stirn.

„Das stimmt! Andererseits haben die Medici in den letzten Jahren gewaltig an Vermögen und Einfluss verloren“, hörte er nun die Stimme eines anderen Mannes.

„Da muss ich Euch leider recht geben. Wir haben hohe Kredite vergeben und das Geld durch die schwierige Situation in unserem Land verloren. Die italienischen Herrscher sind untereinander zerstritten, Frankreich erobert unsere Städte und in Florenz herrschen chaotische Zustände.“ Luigi seufzte tief. „Doch genug davon. Ich habe Euch in Eurer Eigenschaft als Arzt zu mir gebeten. Es ist sehr freundlich, dass Ihr so spät noch gekommen seid. Lasst uns also zu meiner Gemahlin ins Haus gehen. Sie hat schreckliche Krämpfe ..."

Die Stimmen wurden leiser und Salai atmete erleichtert auf. „Nichts wie weg hier!", dachte er und schlich zur Tür. In der Dunkelheit sah er, wie die beiden Männer im Haus verschwanden.

Er wartete noch kurz, dann lief er zum Mandelbaum und weiter zum Haupthaus. Dort brannten nun Lampen und einige Dienstboten liefen über den Gang, doch Salai gelang es, unbemerkt über den Flur und durch die Haustür zurück auf die Straße zu gelangen.

Erleichtert stand er schließlich wieder vor dem

Haus und blickte sich nach Caterina um, die auf der anderen Straßenseite im Schatten eines Hauseingangs auf ihn wartete.

„Und?“, fragte sie ungeduldig, als sie ihn in der Dunkelheit erkannte. „Hast du etwas entdeckt?“

Salai erzählte seiner Freundin, was er erlebt hatte.

„Dann war unser nächtliches Abenteuer also umsonst“, seufzte Caterina enttäuscht.

„Nicht ganz, immerhin können wir Luigi als Täter ausschließen“, antwortete Salai und gähnte. „Aber jetzt muss ich erst einmal schlafen.“

Müde gingen die beiden zur *Via Ghibellina* zurück, verabschiedeten sich und fielen erschöpft in ihre Betten.

„Salai, aufstehen!“, rief Leonardo am nächsten Morgen seinen Schüler. „Liegst du immer noch im Bett? Die Sonne scheint und du schläfst wie ein Murmeltier.“

Salai richtete sich mühsam auf. Verschlafen blickte er seinen Meister an, der im Türrahmen stand. Dann fiel ihm alles wieder ein: Caterinas Flehen um Brot, der Hinterhof, der Schuppen, die Holztruhe ...

„Maestro, ich muss Euch etwas erzählen“, begann Salai direkt.

„Steh erst einmal auf. Caterina wartet schon in der Küche auf dich." Leonardo fuhr sich über seine Löwenmähne. „Wart ihr etwa heute Nacht heimlich unterwegs?" Kopfschüttelnd verließ der Meister das Zimmer, während Salai seine Hosen überzog, um ebenfalls in die Küche zu gehen.

Bei einem Glas frischer Milch, Weißbrot und Käse berichteten Caterina und Salai von ihrem nächtlichen Erlebnis. Als sie fertig waren, runzelte Leonardo die Stirn. „Luigi de Medicis geheimnisvolles Verhalten hat also einen ganz anderen Grund, als wir vermutet haben", stellte er fest. „Damit kommt er als Dieb wohl kaum infrage."

„Dann müssen wir noch einmal von vorne beginnen", sagte Salai nüchtern. „Was wissen wir von dem Täter?"

„Dass er sich für den Nachbau von Leonardos Erfindungen interessiert und ..." Caterina wurde von Salai unterbrochen.

„... und dass er einen Umhang trägt!", vollendete er den Satz seiner Freundin.

„Genau!" Caterina ging in dem Moment, in dem Salai das Wort Umhang aussprach, ein Licht auf. „Was wollte eigentlich der Gesandte des französischen Königs von Euch?", wandte sie sich an Leonardo.

Leonardo nickte nachdenklich. „Aha, ich verstehe, worauf ihr hinauswollt. Nun, dieser Jacopo war ausschließlich an meinen Erfindungen interessiert. Er hat das Gemälde von Signora Giocondo nicht einmal eines Blickes gewürdigt! Auch als ich ihm meine Studien über die menschlichen Organe gezeigt habe, schaute er immer wieder zu den Vogelflugskizzen. Von meinen Proportionsstudien wollte er gar nichts wissen, dabei gehören sie zu meinen wichtigsten Untersuchungen. Habe ich euch davon eigentlich schon einmal erzählt? Wenn ihr euch einmal diese Zeichnung anseht, dann erkennt ihr, dass die menschlichen Körperteile in einem bestimmten Verhältnis zueinander stehen."

Salai stöhnte auf und bedachte Caterina mit einem vielsagenden Blick, der erkennen ließ, dass auch er sich nur mäßig für die Proportionsstudien seines Meisters interessierte. Aber seine Freundin hing wie gebannt an Leonardos Lippen.

Wieder einmal schien Leonardo alles um sich herum zu vergessen, griff nach einer Feder und zeichnete den Körper eines Mannes.

„Ich habe viele Menschen vermessen", erklärte er, während er auf seine Skizze zeigte, „und bin zu dem Schluss gekommen, dass die Länge der einzelnen Gliedmaßen bestimmten Gesetzen unterliegt. Dein Gesicht misst ungefähr ein Zehntel deines Körpers und dein Ohr ist in etwa so lang wie deine Nase, schau mal ..."

Doch bevor Caterina prüfen konnte, ob Leonardos Beobachtungen richtig waren, klopfte es an der Haustür.

„Meister Leonardo, macht auf!", rief eine Stimme von draußen. „Ich habe eine Einladung von Signor Pazzi für Euch!"

Ohne Aufforderung lief Salai hinaus und kam mit einer Schriftrolle zurück, die er Leonardo überreichte.

„Signor Pazzi, der alte Spaßvogel, gibt wohl wieder einmal ein Fest!", freute sich Leonardo, während er die Schriftrolle auseinanderwickelte.

Als er sah, was auf dem Papier stand, glitt ein Lächeln über sein Gesicht. Er zeigte das Schriftstück Caterina und Salai, die zunächst ratlos auf die Einladung starrten.

Doch dann musste auch Caterina lächeln. „Jetzt verstehe ich, was Signor Pazzi meint!“, rief sie. Begeistert stieß sie Salai ihren Ellenbogen in die Rippen. „Rätst du nicht, was das heißen soll?“

? *Was steht auf der Einladung?*

Maskerade

„Meister Leonardo ist auf einen Maskenball eingeladen!“, rief Caterina erfreut aus. „In der Villa des Bankbesitzers Pazzi! Wie gerne würde ich da mitkommen.“

„Die Maskenbälle im Garten des Signor Pazzi sind in der Tat ein Erlebnis“, bestätigte Leonardo. „Die geschmückte Villa, die fantastischen Kostüme und erst die in tagelanger Arbeit zubereiteten Speisen ...“

Salai überlegte einen Moment. Vielleicht konnte man ausnahmsweise einmal das Nützliche mit dem Angenehmen verbinden.

„Maestro“, begann er zögerlich. „Ich habe da so eine Idee!“

„So, du hast also eine Idee“, wiederholte der Meister und sah seinen Schüler lächelnd an. „Und um welche Idee handelt es sich?“

„Zu dem Fest sind sicherlich alle vermögenden Bewohner von Florenz eingeladen. Also vielleicht auch der Mann, den wir suchen. Außerdem sind Pazzis Bälle so berühmt, dass auch ein Fremder davon hören und beschließen kann hinzugehen. Wenn wir auf dem Fest die Nachricht verbreiten würden, dass Caterinas Vater eine große Bambuslieferung bester Qualität erwartet ..."

„Du sprichst von ‚wir'", unterbrach ihn Leonardo und zog die Augenbrauen in die Höhe. „Du meinst wohl eher, *ich* soll diese Falschmeldung in die Welt setzen!"

„... falls der Dieb auch auf dem Ball ist, wird er bestimmt gleich am nächsten Tag die Werkstatt von Caterinas Vater Rosselli aufsuchen, um ihm den Bambus abzukaufen." Salai redete einfach weiter, ohne sich von der Bemerkung Leonardos ablenken zu lassen.

„Und in der Werkstatt meines Vaters werde ich Augen und Ohren aufhalten, um den Täter zu beobachten und nicht entwischen zu lassen", beendete Caterina die Gedanken von Salai.

„Genau!“, fügte Salai mit gewissem Stolz hinzu. „Außerdem verrät sich der Dieb vielleicht auf dem Fest, wenn Ihr von der erwarteten Bambuslieferung erzählt! Wir werden die Gäste im Auge behalten und beobachten, ob einer von ihnen sich auffällig verhält.“

„Ihr vergesst dabei, dass die Einladung ausschließlich an mich gerichtet ist.“ Leonardo sah zweifelnd von einem zum anderen. „Ich glaube nicht, dass Pazzi begeistert wäre, wenn ich meinen Schüler und ein Nachbarmädchen mitbrächte.“

„Aber Meister, es ist doch ein Maskenball. Alle sind als Tiere verkleidet und niemand wird uns erkennen“, versuchte Caterina, Leonardo zu überzeugen.

„Wir werden uns als ... Krokodil, Pferd und Löwe verkleiden“, schlug Salai vor.

„Nein, Meister Leonardo geht als Eule, weil er so weise ist“, widersprach Caterina. „Und ich werde mich als Fuchs tarnen.“

„Klar, weil du so schlau bist.“ Salai verzog das Gesicht.

„Darf ich auch einen Vorschlag machen?“, fragte Leonardo schmunzelnd.

Caterina und Salai sahen ihn erwartungsvoll an.

„Ihr werdet als Paradiesvögel verkleidet auf den

Ball gehen und ich werde euch als Vogelfänger begleiten."

„Ihr nehmt uns wirklich mit?", rief Caterina und klatschte vor Begeisterung in die Hände. „Ich werde Euch ein Kostüm aus echten Vogelfedern nähen und ..."

„Die Kostüme leihen wir uns bei Signor Predi", unterbrach Leonardo ihren Redefluss schnell. „Das Fest ist schon in zwei Tagen. Bis dahin wirst du wohl kaum drei Kostüme nähen können."

Leonardo hatte nicht übertrieben: Die Villa des Signor Pazzi war prächtig geschmückt. Überall brannten Fackeln und Öllampen, römische Säulen und Statuen schmückten den Garten. In der Nähe eines kleinen Teiches stand ein vornehm gedeckter Tisch.

Doch noch saßen die Gäste nicht, sondern lustwandelten mit hohen Weingläsern in den Händen zwischen den Blumenbeeten auf und ab. Dabei wurde laut gelacht und gescherzt.

„Sieh mal, Alberti", hörte Caterina, die mit Salai bei den Rosensträuchern stand, eine hohe Frauenstimme. „Wer verbirgt sich denn hinter dieser albernen Froschmaske?"

Caterina folgte unwillkürlich dem Blick der als Katze verkleideten Frau und musste ihr insgeheim recht geben. Das Froschkostüm machte in der Tat einen lächerlichen Eindruck.

„Fehlt nur noch, dass der Frosch in den Teich hüpft", flüsterte Caterina Salai ins Ohr.

„Wo ist denn überhaupt Leonardo?", fragte Salai zurück. „Eben stand er doch noch mit Signor Pazzi neben der Statue."

Caterina schaute sich um. „Dahinten ist er. Lass uns zu ihm gehen und hören, was er zu erzählen hat."

Leonardo war von einer Menschentraube umringt. Beim Näherkommen hörten Caterina und Salai verzückte „Ohs" und bewundernde „Ahs", während der Gelehrte Wortspielereien und Rätsel zum Besten gab.

Als sie den Kreis erreichten, zog Leonardo gerade eine kleine Flöte aus seiner Tasche und stimmte ein

Lied an. Die Zuhörer begannen, im Takt der Musik zu klatschen und mitzusummen.

„Spielt uns etwas auf der Violine vor!“, bat eine Frau, nachdem Leonardo das Lied beendet hatte.

Pazzi drehte sich zu einem Diener um und befahl: „Lauf schnell und hole dem Meister sein Lieblingsinstrument.“ Der Diener eilte los. Wenig später überreichte er Leonardo mit einer ehrfurchtsvollen Verbeugung eine *Lira da braccio*.

Leonardo legte sie auf seine Schulter, schloss die Augen und fuhr mit dem Bogen über die Saiten. Die Zuhörer verstummten und lauschten den leisen Tönen.

Auch Caterina und Salai waren von dem Spiel Leonardos verzaubert.

„Er hat wieder neue Melodien komponiert", flüsterte Salai seiner Freundin zu, bevor ihn ein tadelndes „Psst" verstummen ließ.

Schließlich nahm Leonardo die *Lira* herunter und verbeugte sich. Zögernd durchbrach einer der Zuhörer die eintretende Stille, bis alle begeistert klatschten.

„Meine lieben Freunde! Nachdem uns Meister Leonardo einen Ohrenschmaus bereitet hat, wollen wir auch unsere Mägen erfreuen. Kommt und greift zu", lud Signor Pazzi die Gäste nun ein und wies auf den mittlerweile reich gedeckten Tisch, von dem ein köstlicher Duft ausging. Langsam schlenderte die Gesellschaft los. Die Stühle in Leonardos Nähe waren sofort besetzt, sodass Salai und Caterina schräg gegenüber Platz nahmen.

„Oh, ist das lecker", sagte Salai mampfend zu Caterina. Auf seinem Teller stapelten sich Fasan, Hühnchenbrust und eingelegte Birnen und Datteln.

„Ich platze gleich", stimmte Caterina ihm zu. „So gut habe ich noch nie gegessen."

„Leonardo scheint unseren Plan völlig vergessen zu haben." Salai nickte zu seinem Lehrer hinüber. „Er philosophiert über alles Mögliche: über Musik, über Architektur, über die Kunst, die Griechen und Römer – aber hast du schon einmal das Wort Bambus gehört?“

„Nein“, seufzte Caterina. „Ich werde ihn daran erinnern müssen.“

Sie stand auf, ging zu Leonardo hinüber, beugte sich über seine Schulter und flüsterte ihm etwas ins Ohr.

Leonardo nickte leicht mit dem Kopf. Wenig später kam er auf den Handel in Florenz zu sprechen. Er stöhnte darüber, wie schwer es doch aufgrund der unruhigen politischen Verhältnisse geworden sei, gutes Material zum Bau seiner Erfindungen zu bekommen.

Salai und Caterina beobachteten die anderen Gäste genau, während er sprach.

„Und überall wird man betrogen“, fuhr der Meister fort. „Der einzig verlässliche Händler in der Stadt ist meiner Meinung nach der alte Rosselli! Ihm kann man wirklich trauen. Er hat mir letzte Woche versprochen, eine große Ladung Bambus von bester Qualität zu besorgen. Und ich bin sicher, die Lieferung ist bereits morgen da."

In diesem Augenblick beugte sich ein als schwarzer Rabe verkleideter Mann über den Tisch. „Sind Eure Erfindungen tatsächlich schon so ausgereift, dass Ihr sie umsetzen könnt?", fragte er und griff nach einer Flasche Wein.

Salai stockte der Atem. „Sieh nur", flüsterte er Caterina zu. „Den Vogel kennen wir!"

?

Wen hat Salai erkannt?

Bedrohlicher Besuch

Den folgenden Tag verbrachte Salai zum ersten Mal mit Erlaubnis seines Lehrers nicht arbeitend im Haus, sondern draußen auf der Straße. Er lehnte in einem Hauseingang und beobachtete unauffällig den Eingang der Werkstatt von Signor Rosselli. Hoffentlich hatte ihr Plan funktioniert und der Täter würde heute wirklich in der *Via Ghibellina* auftauchen.

Unterdessen arbeitete Caterina ungewohnt bereitwillig in der Werkstatt ihres Vaters. Sie kehrte den Boden, ordnete die Regale, und als ob das noch nicht genug sei, putzte sie danach auch noch die Fenster.

„Caterina, hast du wieder etwas ausgefressen?“, wollte ihr Vater wissen, der das emsige Treiben seiner Tochter anfangs erfreut, später mit Misstrauen beobachtete. „Rück schon raus mit der Sprache. Was ist gestern auf dem Maskenball passiert? Ich wollte dich sowieso nicht gehen lassen. Nur auf Drängen deiner Mutter habe ich nachgegeben. Sie kann Meister Leonardo einfach nichts abschlagen.“

„Es ist alles in Ordnung“, beruhigte Caterina ihren Vater. „Mach dir keine Sorgen.“ Sie hätte zu gerne ihre Arbeit auf der Stelle stehen und liegen lassen, um über den Markt zu schlendern. Aber sie wollte unbedingt da sein, falls der Dieb heute die Werkstatt ihres Vaters aufsuchen würde. Aus dem Augenwinkel beobachtete sie den Hofeingang, während sie die Fenster blank rieb.

Und dann geschah es tatsächlich: Wie aus dem Nichts stand plötzlich ein hagerer Mann auf dem Hof. Er trug einen dunklen Umhang, aus dem eine Degenspitze hervorlugte. Obwohl er sich die Kapuze weit übers Gesicht gezogen hatte, erkannte Caterina in ihm sofort den vermeintlichen Gesandten, der Leonardo vor einigen Tagen aufgesucht hatte.

Mit schnellen Blicken erfasste der Mann seine Umgebung: die Arbeiter, die mit dem Meister sprachen oder Holz hobelten, das Werkzeug, die Bretter, die Kisten und Holzstapel. Nichts schien seiner Aufmerksamkeit zu entgehen. Dann blieben seine Augen einen Augenblick lang auf Caterina haften. Caterina hielt den Atem an. Doch der Fremde schien sich zum Glück nicht daran zu erinnern, dass er sie in der Werkstatt Leonardos schon einmal kurz gesehen hatte.

Sie atmete tief durch, nahm all ihren Mut zusammen und ging auf ihn zu.

„Kann ich Euch helfen?", fragte sie.

Der Mann schüttelte verneinend den Kopf. „Ich möchte Meister Rosselli sprechen", erwiderte er unfreundlich.

„Ich bin seine Tochter und könnte Euch vielleicht auch Auskunft geben", versuchte es Caterina, wobei sie nach dem Siegelring des Mannes schielte.

„Hast du nicht gehört? Ich möchte mit dem Meister selbst reden", lautete die grobe Antwort.

Meister Rosselli war ohnehin bereits auf den Fremden aufmerksam geworden und trat auf ihn zu. „Womit kann ich Euch dienen, mein Herr?", fragte er freundlich, doch Caterina blieb das Misstrauen in seiner Stimme nicht verborgen.

„Wenn ich Euch unter vier Augen sprechen dürfte?“ Die dünnen Lippen des Fremden verzogen sich zu einem Lächeln.

„Natürlich, gehen wir ins Haus“, erwiderte Rosselli und ging voran. Sie überquerten den Werkstatthof und standen kurze Zeit später in der Eingangshalle des Wohnhauses.

Caterina fand, dass die Eingangstür des Hauses dringend geputzt werden müsse, und folgte den Männern mit ihrem Lappen. Zwar wagte sie es nicht, ins Haus zu gehen, aber die Tür stand einen Spaltbreit offen, sodass sie das Gespräch der beiden von draußen belauschen konnte.

„Wie ich weiß, erwartet Ihr eine größere Menge Bambus“, hörte Caterina den Fremden gerade mit einnehmender Stimme sagen.

„Ich muss Euch leider enttäuschen, mein Herr, aber wir arbeiten hier überwiegend mit Kiefernholz. Möbel aus Bambus fertigen wir gar nicht an“, erwiderte der Vater leicht verwirrt.

„Soweit ich gehört habe, habt Ihr Euch in diesem Fall als Zwischenhändler betätigt“, versuchte es der Fremde weiter und platzte dann heraus: „Ich biete Euch doppelt so viel wie Signor da Vinci, für den Ihr den Bambus besorgt habt!“

Caterina stockte der Atem. Ihr Plan ging tatsächlich auf! Was wohl ihr armer, ahnungsloser Vater gerade dachte?

Signor Rosselli räusperte sich und entgegnete eine Spur lauter als notwendig, dass der andere ihm auch das Dreifache bieten könne, er wisse überhaupt nicht, wovon die Rede sei.

„Und ob du das weißt", zischte der Fremde wütend. „Aber wenn du mir nicht freiwillig helfen willst, muss ich eben grob werden."

Caterina linste ängstlich in die Halle. Der Mann hatte seinen Degen gezogen und hielt ihn ihrem Vater an den Hals!

„Mach schon den Mund auf!", flüsterte er gefährlich leise.

Caterina, die im Rücken des Fremden stand, sah die entsetzten Augen ihres Vaters. „Was soll ich jetzt bloß tun?“, dachte sie verzweifelt.

In diesem Augenblick entdeckte Rosselli seine Tochter. Laut rief er: „Caterina, mach, dass du wegkommst!“

Irritiert drehte sich der Fremde um. Schnell warf Caterina ihm ihren nassen Putzlappen mitten ins Gesicht. Rosselli nutzte die Gelegenheit, um seinem Angreifer den Degen aus der Hand zu schlagen. Behände schnappte er sich die Waffe und setzte ihre Spitze auf die Brust des hageren Unbekannten, dem das dreckige Putzwasser aus den Haaren tropfte.

Vor lauter Wut beachtete der Fremde Rosselli gar nicht.

„Du miese kleine Ratte“, fluchte er stattdessen in Caterinas Richtung. Bei dem jämmerlichen Anblick konnte sich Caterina ein Lächeln nicht verkneifen.

„Meine Tochter würde ich an Eurer Stelle nicht beleidigen“, drohte Rosselli und drückte die Degenspitze noch etwas fester auf die Brust des Mannes. „Ihr verlasst jetzt sofort mein Haus und meine Werkstatt. Und ich will Euch hier nie mehr sehen!“

Der Fremde verzog sein Gesicht, drehte sich jedoch um und ging zur Tür. Mit schnellen Schritten überquerte er den Innenhof und eilte auf die Straße.

Noch bevor ihr Vater sich von seinem Schreck erholt hatte, war Caterina ebenfalls vom Hof verschwunden.

„Ich muss ihm nach“, dachte sie. „Er darf uns nicht entwischen! Hoffentlich hat Salai ihn gesehen.“

Salai wartete bereits am Hofausgang auf Caterina. „Mach schon!“, rief er ihr entgegen. „Er ist nach rechts gelaufen, zur großen Kathedrale.“ Die beiden rannten so schnell sie konnten in dieselbe Richtung und holten den Fremden bald ein. In einigem Abstand folgten sie ihm.

Als ob der Dieb merken würde, dass er verfolgt wurde, drehte er sich ab und zu um. Aber zum Glück waren die Straßen in Florenz zu dieser Tageszeit voller Menschen. Caterina und Salai versteckten sich immer wieder im Getümmel, blieben im Schatten der Häuser und drückten sich in Hofeingänge. So erreichten sie die Kathedrale, deren Kuppel in der Sonne leuchtete, und überquerten den großen Vorplatz.

„Wo geht er nur hin?", fragte Caterina Salai erstaunt. „Bald haben wir die Stadtmauern erreicht!"

„Wahrscheinlich will er Florenz verlassen", vermutete Salai. „Achtung, jetzt biegt er in die *Via dei Servi*!"

Die schmale Straße außerhalb des Stadtzentrums war menschenleer. Caterina und Salai mussten ihren Abstand vergrößern, um nicht entdeckt zu werden. Dann machte die Gasse einen Knick und für einen Augenblick verloren die beiden den Fremden ganz aus den Augen.

Sie beeilten sich, um den Dieb bald wieder in ihrem Blickfeld zu haben. Doch als sie den Bogen der Gasse hinter sich gelassen hatten, war niemand mehr zu sehen. Stattdessen starrten sie auf die Stadtmauern von Florenz, die sich vor ihnen auftaten.

Salai lief weiter auf die Mauern zu, blickte nach rechts und links, doch vergeblich: Von einem schwarzen Umhang fehlte jede Spur.

„So ein Mist", schimpfte Salai. „Wir haben ihn verloren!"

„Er kann sich doch nicht einfach in Luft aufgelöst haben." Caterina überlegte einen Moment. Sie betrachtete die alte Stadtmauer, die mit Gräsern und Moos bewachsen war. „Ich glaube, er ist uns durch einen geheimen Ausgang entwischt“, sagte sie nach einer Weile.

„Du meinst, er ist durch die Stadtmauer entkommen?“, fragte Salai ungläubig.

„Ja, und ich weiß auch, durch welche Stelle er geschlüpft ist.“

Was hat Caterina entdeckt?

Die unterirdische Werkstatt

Jetzt erkannte auch Salai, was Caterina entdeckt hatte. „Die Fugen des unteren Steins sind nicht mit Moos und Gras bewachsen!“

Salai trat einen Schritt auf die Mauer zu und kniete sich hin. Er tastete den Stein ab und drückte auf seine Kanten. Plötzlich knackte es leise und der Stein bewegte sich zur Seite. Salai blickte in eine Öffnung. Er sah eine Treppe, die steil nach unten in die Erde führte.

„Das ist bestimmt ein alter Gang, der für den Fall gebaut wurde, dass die Stadt belagert wurde“, erklärte Salai seiner Freundin. „Leonardo hat mir einmal davon erzählt. Wenn der Feind Florenz umzingelte, bestand so die Möglichkeit zu fliehen. Komm, lass uns sehen, wohin der Weg führt.“ Er stand schon auf der ersten Stufe.

Die Treppe schien in vollkommene Dunkelheit zu führen. Caterina zögerte. Aber schließlich siegte ihre Neugierde und sie stieg Salai hinterher.

„Warte, nicht so schnell“, versuchte sie, Salai zu bremsen, der die Treppen trotz der Finsternis ringsumher zügig hinabging. Nachdem sie ein paar Stufen hinuntergestiegen waren, sahen sie nichts mehr und tasteten sich mühsam voran.

Caterina fuhr zusammen, als ihr dabei etwas Weiches um die Fersen strich. „Ratten fühlen sich hier bestimmt richtig wohl", sagte sie voller Ekel.

Salai nahm Caterina an die Hand und ging weiter in die vor ihm liegende Dunkelheit. Auch ihm klopfte das Herz bis zum Halse. Aber er dachte an das gestohlene Notizbuch, das sie wiederfinden mussten. „Keine Angst", wisperte er, um seiner Freundin und sich selbst Mut zu machen. „Es wird uns schon nichts passieren."

Nachdem sie sich ein Stück vorwärts getastet hatten, flackerte auf einmal kurz ein Lichtschein vor ihnen auf.

„Ich glaube, dort ist eine Höhle oder ein Raum", flüsterte Salai seiner Freundin zu. „Ich habe einen Lichtschein gesehen."

Vorsichtig schlichen sie weiter und gingen langsam auf die Lichtquelle zu. So gelangten sie zu einem Eingang, der sich rechts vom Gang befand. Sie drückten sich mit dem Rücken eng an die Wand und schauten hinein: Vor ihnen lag ein großer Raum, der mit Fackeln erleuchtet war.

Caterina und Salai verharrten einen Augenblick regungslos und starrten auf das, was sich vor ihnen auftat: Unter der Decke des Raumes hingen aus Holz und Baumwolle gefertigte Vogelschwingen. Die Flügel wurden in der Mitte durch eine Lederkonstruktion, die Platz für einen Menschen bot, zusammengehalten.

„Warte nur“, sagte der angebliche Gesandte gerade und strich mit seiner Hand über den Flugapparat. „Bald werde ich mit dir in die Lüfte steigen. Noch bist du zu schwer. Nicht Holz, sondern Bambus ist notwendig, damit du fliegen kannst wie ein Falke. Heute habe ich eine Niederlage erlitten. Aber du wirst sehen: Bald werde ich das letzte Hindernis genommen haben und Verstrebungen aus bestem Bambus bauen.“

Dann drehte sich der Dieb zu einem Tisch um, auf dem ein aus Schweinsleder hergestellter Anzug mit einem Helm lag. Ein kaltes Lächeln glitt über sein Gesicht. „Leonardo ist genial. Aber der Ruhm wird mir gehören! Mir, Perugino, den alle verachtet und verspottet haben! Ich werde der Erste sein, der fliegen wird! Ich werde der Erste sein, der unter Wasser atmen kann! Florenz wird vor mir auf die Knie fallen. Macht, Einfluss und Bewunderung sind mir sicher.“

Caterina und Salai lief es kalt den Rücken hinunter.

„Schnell weg von hier, bevor er uns entdeckt“, flüsterte Caterina in Salais Ohr. „Er ist wahnsinnig. Wir müssen Hilfe holen.“

Salai sah ein, dass sie alleine nichts ausrichten konnten. Lautlos entfernten sie sich von der unterirdischen Werkstatt, gingen den dunklen Tunnel zurück, stiegen die Treppenstufen hinauf und kletterten wieder ins Freie. Erleichtert atmeten sie die frische Luft ein.

„Wir müssen Leonardo holen“, sagte Salai dann und lief los. Caterina hetzte ihm hinterher. Im Eilschritt ging es zurück durch die *Via dei Servi* und an der Kathedrale vorbei zur *Via Ghibellina.* Caterina und Salai rannten die Treppen zu Leonardos Werkstatt hinauf, wo der Meister an seinem Pult stand und zeichnete.

„Maestro Leonardo! Zum Glück seid Ihr zu Hause!“, rief Salai aufgeregt. „Wir haben den Dieb gefunden.“

„Was sagst du da?“, fragte Leonardo, drehte sich um und hob erstaunt die Augenbrauen. „Wo ist er?“

Atemlos erzählten Caterina und Salai, was sie erlebt hatten. Als sie geendet hatten, fuhr sich Leonardo nachdenklich über seinen Bart. „Wozu Menschen aus Machtgier und Eitelkeit alles fähig sind!“, sagte er verblüfft. Dann griff er nach seinem Degen, der normalerweise unbenutzt in einer Ecke der Werkstatt lehnte. „Lasst uns losgehen! Wir sollten keine Zeit vergeuden.“

Mit zügigen Schritten verließen sie das Haus. Diesmal durchquerten sie zu dritt die Innenstadt, um zur Stadtmauer zu gelangen. Wieder stiegen sie unter die

Erde, tasteten sich den schmalen Gang entlang und standen endlich an dem Eingang der geheimen Werkstatt.

Leonardo zögerte keinen Moment. Furchtlos näherte er sich Perugino von hinten und zog seinen Degen aus dem Gürtel. Ehe Perugino begriff, was vor sich ging, legte Leonardo die Spitze des Degens an den Hals des Diebes.

„Wer seid Ihr, dass Ihr Euch so für meine Erfindungen begeistert?", fragte Leonardo. „Sicherlich nicht der Gesandte des französischen Königs! Vermutlich habt Ihr auch den Namen Jacopo nur erfunden. Dreht euch um und seht mir in die Augen."

„Leonardo da Vinci", flüsterte der Fremde, der sich langsam zu ihm wandte. Sein Gesicht wirkte gespenstisch im Schein der Fackeln. „Wie habt Ihr mich nur gefunden? Aber ich hätte wissen müssen, dass vor Eurem Geist nichts verborgen bleiben kann."

Leonardo schmunzelte. „Nun, ganz so ist es nicht“, erwiderte er und nickte zu Caterina und Salai hinüber. „Auch ein wacher Verstand braucht ab und zu kluge Helfer. Aber ich bin gekommen, um Euch Fragen zu stellen, nicht umgekehrt! Also, wer seid Ihr?“

„Mein Name ist Perugino. Ich stamme aus Mailand. Schon als Kind trieb mich die Frage um, ob es Menschen möglich ist zu fliegen. Doch sosehr ich auch grübelte, ich hatte keine Idee, wie man es schaffen könnte. Und auch meine anderen Erfindungen misslangen und machten mich zum Gespött der Leute. Dann hörte ich von Euch, von Euren Fähigkeiten und Talenten. Immer wieder wurde der Name Leonardo da Vinci genannt, wenn es um Erfindungen ging, über die noch kein Mensch auch nur nachzudenken gewagt hatte.“ Peruginos Gesicht verwandelte sich in eine verzerrte Maske.

„Immer wieder Leonardo da Vinci! Leonardo, der Künstler! Leonardo, der Wissenschaftler! Leonardo, der Erfinder! Man nannte Euch sogar einen Magier! Jahrelang beobachtete ich Euer Tun und musste einsehen, dass Ihr meinem Geist wahrhaft überlegen seid. Dieser Gedanke fraß mich auf, ließ mich nicht schlafen, machte mich halb wahnsinnig. Doch schließlich wurde mir klar, worin Eure Schwäche lag: Trotz Eurer Genialität wart Ihr immer auf Gönner angewiesen. Ihr hattet kein eigenes Geld, um Eure Ideen umzusetzen. Da kam mir der Gedanke, dass ich *vor* Euch Eure Erfindungen bauen könnte. Dafür brauchte ich Eure Aufzeichnungen und deshalb stahl ich das Notizbuch."

Leonardo schüttelte ungläubig den Kopf. „Neid ist wirklich eine Todsünde der Menschheit", sagte er nachdenklich. „Er führt zu Zerstörung und Unglück. Aber eines verstehe ich nicht: Weshalb habt Ihr euch als Gesandter des französischen Königs ausgegeben und seid noch einmal zu mir gekommen? Das Notizbuch hattet Ihr doch bereits."

„Eure Ideen waren so gewagt und kühn, dass ich sie trotz Eurer Aufzeichnungen zunächst nicht ganz verstand", antwortete Perugino. „Ich konnte nicht glauben, dass die Wellenbewegungen im Wasser und in der Luft ähnlichen Gesetzen unterliegen. Erst nach unserem Gespräch wurde mir das volle Ausmaß der Genialität Eurer Forschungen bewusst."

Leonardo beobachtete Perugino, wobei sein Gesicht keine Gefühlsregung zeigte. „Euch ist natürlich klar, dass ich nicht nur mein Notizbuch, sondern auch die Ergebnisse Eurer Arbeit an mich nehmen werde.“ Dabei zeigte er auf den Taucheranzug und die Vogelflügel.

Perugino nickte und kniff seine Lippen zusammen. „Selbstverständlich“, sagte er zerknirscht.

„So leicht wollt Ihr ihn davonkommen lassen, Maestro?“, mischte sich Salai jetzt ein. „Immerhin wollte er Euch ruinieren!“

„Nun“, nahm Leonardo den Gedanken seines Schülers auf. „Salai hat recht. Ihr wolltet mir großen Schaden zufügen. Vielleicht sollte ich Euch doch lieber verhaften lassen ...“

Perugino knirschte mit den Zähnen. Dann zischte er: „Ich verfüge über ein beträchtliches Vermögen. Natürlich werde ich in Zukunft Eure Forschungen finanziell unterstützen.“

„Das will ich meinen!“, rief Salai aus und dachte an die ganzen Köstlichkeiten, die er und Caterina sich von nun an auf dem Markt kaufen würden: Honigbonbons, Datteln, Mandeln, Kuchen ...

Als ob Leonardo die Gedanken seines Schülers lesen würde, drehte er sich zu Salai um. „Und du, mein Freund, wirst ab morgen wieder zu deinen eigentlichen Aufgaben zurückkehren: die Werkstatt aufräumen, Farben anrühren, schmutzige Pinsel auswaschen, Tiere zeichnen und Latein lernen!“

Salai verdrehte die Augen. Er sah nicht, dass Leonardo Caterina heimlich zuzwinkerte.

Lösungen

Der Diebstahl
In der Werkstatt fehlt Leonardos Notizbuch, das auf dem Pult lag.

Wonach sucht der Dieb?
Auf der Liste steht: Fahrrad, Panzer, Fallschirm, Flugapparat, Unterseeboot, Taucheranzug. Leonardo schrieb alles spiegelverkehrt.

Die Verfolgung
Luigis Hut ist in dem rechten Haus zu sehen.

Eine heiße Spur
Auf dem Zettel steht: Kork, Bambusrohre und Schweinsleder für Taucheranzug.

Der Gesandte des Königs

Nächtliches Abenteuer
Die Buchstaben auf den Knöpfen auf der Truhe ergeben in der richtigen Reihenfolge das Wort FLORENZ.

Die Einladung
Auf der Einladung steht: Maskenball der Tiere am Sonntag bei Sonnenuntergang im Garten meiner Villa. Pazzi

Maskerade
Salai hat den angeblichen Gesandten des französischen Königs, Jacopo, erkannt. Der als Rabe verkleidete Mann trägt den gleichen auffälligen Siegelring am kleinen Finger wie Leonardos Besucher.

Bedrohlicher Besuch
Caterina hat im unteren Teil der Stadtmauer einen einzelnen Stein entdeckt, dessen Fugen nicht wie bei den anderen Steinen mit Moos und Gras bewachsen sind.

Glossar

All'inferno: zur Hölle

Arno: Fluss durch Florenz

Ave Maria: christliches Gebet. Es wurde oft als Sühne auferlegt, um von Sünden freigesprochen zu werden.

Buon giorno: Guten Tag!

Buono a nulla: Nichtsnutz

Florenz: Florenz (italienisch Firenze) ist eine mittelalterliche Stadt in der Toskana. Im 14. und 15. Jahrhundert wurde Florenz zu einem wichtigen Handels-, Finanz- und Kulturzentrum.

Ludwig XII.: Nach dem Tod Karls VIII. (1498) wird Ludwig XII. bis zum Jahre 1515 König von Frankreich.

Lira da braccio: ein fünfsaitiges Streichinstrument und Vorläufer der Violine. Die Lira war neben der Laute eines der beliebtesten Instrumente der Renaissance. Leonardo spielte nicht nur auf der Lira. Er erfand und baute auch seit seiner frühesten Jugend Musikinstrumente.

Maestro: Meister

Medici: Die Medici waren eine reiche florentinische Kaufmannsfamilie, die von 1434 bis 1737 mit kurzen Unterbrechungen die Herrschaft über Florenz innehatte.

Mille grazie: Tausend Dank!

Mona Lisa: Die „Mona Lisa" ist eines der bekanntesten Gemälde der Welt. Leonardo da Vinci bekam 1504 den Auftrag, die Frau eines reichen Florentiner Kaufmanns namens Mona Lisa del Giocondo zu malen. Leonardo arbeitete über drei Jahre an ihrem Porträt.

Natur: Leonardo betrachtete die Natur stets als sein Vorbild. Er beobachtete nicht nur Tiere und Pflanzen, sondern auch die Gesetzmäßigkeiten des Wassers und der Luft.

Notizbuch: Leonardo führte zeit seines Lebens ein Notizbuch. Dort trug er völlig ungeordnet seine Zeichnungen, Berechnungen, Konstruktionen und Ideen ein. Als Linkshänder schrieb er spiegelverkehrt, also von rechts nach links.

Ölfarben: Zu Lebzeiten Leonardos wurden die Farben mit Ei angerührt. Leonardo war einer der Ersten, der Öl als Bindemittel benutzt hat.

Palazzo: Palast

Palazzo Vecchio: Der Palazzo Vecchio verkörpert die weltliche Macht im mittelalterlichen Florenz. Sein Glockenturm hat eine Höhe von 94 Metern. Heute ist der Palast das Rathaus von Florenz.

Proportionsstudien: Leonardo studierte den Bau des menschlichen Körpers ganz genau. Er fand heraus, dass verschiedene Körperteile in einem bestimmten Verhältnis (Proportion) zueinander stehen.

Reiterstatue: Leonardo entwarf eine Reiterstatue, die so hoch wie ein zweistöckiges Haus war.

Salai: Salai (wörtlich „Dämon") wohnte als Schüler Leonardos viele Jahre bei seinem Meister.

Santo Padre: Heiliger Vater

Schatten: Frühere Künstler ordneten das Wechselspiel von Licht und Schatten der Farbe unter. Leonardo erkannte die Bedeutung des Lichteinfalls für die Wirkung eines Gemäldes und setzte sie gezielt in seinen Werken ein.

Siegelring: Wichtige Schriftstücke wurden gekennzeichnet, indem man sie mit Wachs beträufelte und den Stempel eines Siegelrings hineintauchte. Der Stempel war einzigartig und schützte die Urkunden vor Fälschungen.

Signor: Herr
Signora: Frau
Signorina: Fräulein
Stadtplan: Im Mittelalter gab es noch keine Stadtpläne, in denen Straßen verzeichnet waren. In dem ältesten Plan von Florenz sind nur die Hauptgebäude, Gärten, Brücken und die Stadtmauer skizziert.
Venedig: Venedig galt bis zum15. Jahrhundert als eine der einflussreichsten Städte Italiens. 1498 wurde Venedig von der türkischen Flotte bedroht. Die Schiffe zogen jedoch wieder ab, ohne die Stadt anzugreifen.
Via: Straße
Vogelflugstudien: Leonardo interessierte sich zeit seines Lebens für das Fliegen. Er beobachtete den Flug der Vögel und entwickelte unterschiedliche Flugapparate. Trotzdem blieb das Fliegen für Leonardo ein Traum, den er nicht verwirklichen konnte.

Zeittafel

15.4.1452	Leonardo da Vinci wird als uneheliches Kind in Anchiano bei Vinci geboren.
1470	Leonardo geht nach Florenz und wird wegen seines herausragenden Talents als Maler von Meister Verrocchio als Lehrling aufgenommen.
1482	Leonardo verlässt Florenz wieder, um für den Herzog Sforza in Mailand zu arbeiten. Zu dieser Zeit entwickelt er unter anderem Berechnungen zu einem Panzer und einer Reiterstatue. Er vertieft seine Vogelflugstudien und malt drei seiner bekanntesten Werke: „Die Madonna in der Felsengrotte“, „Die Dame mit dem Hermelin“ und „Das Abendmahl“.
1498	Leonardo flieht vor den französischen Truppen, die Mailand erobern. Es folgen unruhige Wanderjahre.

Um 1500	Leonardo da Vinci kehrt nach Florenz zurück. Im Dienste des Tyrannen Cesare Borgia beschäftigt er sich überwiegend mit Festungen und Kriegsmaschinen.
1503–1506	Arbeit an der „Mona Lisa“
1506	Leonardo wird wieder nach Mailand berufen. Er untersucht die Funktionen des menschlichen Körpers und seziert zu diesem Zwecke Leichen.
1513	Leonardo zieht nach Rom. Der Papst verbietet ihm die Leichensektion.
1517	Leonardo geht an den Hof des französischen Königs Franz I. in Amboise.
1519	Leonardo da Vinci stirbt in Frankreich.

Das Zeitalter der Renaissance

Das französische Wort „Renaissance“ bedeutet „Wiedergeburt“. „Wieder geboren“ wurden in der Zeit des 14. bis 16. Jahrhunderts in Europa der Baustil und die Kultur der Römer und Griechen des Altertums.

Besonders Italien erlebte damals eine Blüte der Renaissance. Es wurden Tempel und Paläste gebaut, die an Gebäude vor Christi Geburt erinnerten. Themen wie Philosophie und auch der Forschung wurden ein hoher Stellenwert beigemessen und natürlich floss auch viel Geld zur Unterstützung.

Leonardo war nicht der einzige Wissenschaftler seiner Zeit, dessen Wirken bis heute von Bedeutung ist: Gutenberg erfand den Buchdruck und Kopernikus errechnete die Erdlaufbahn.

Aber die Renaissance war ebenfalls von Hunger und Krieg gezeichnet. Wie in vielen Teilen Europas wütete auch in Italien über Jahrzehnte die Pest. Die italienischen Herrscher waren untereinander zerstritten und französische Truppen marschierten in Mailand und Florenz ein.

Um Krankheit und Tod zu vergessen, wurden viele

Feste gefeiert. Besonders beliebt waren rauschende Maskenbälle - Musik und Theater waren ebenfalls von großer Wichtigkeit.

Zu Lebzeiten da Vincis war Florenz die bedeutendste Stadt Italiens und galt als Hochburg der Renaissance.

Leonardo da Vinci: ein Universalgenie

Leonardo da Vinci war ein Genie auf ganz unterschiedlichen Gebieten. Seine Arbeiten als Maler, Wissenschaftler, Erfinder und Baumeister sind in vielerlei Hinsicht grundlegend. Leonardo war den Menschen seiner Zeit jedoch so weit voraus, dass viele seiner Ideen erst Jahrhunderte später umgesetzt wurden.

Leonardo – der Maler

Seine Lehrjahre verbrachte Leonardo bei dem Meister Andrea del Verrocchio, der ein erstklassiger Goldschmied, Bildhauer und Maler war. Im Mittelalter war es üblich, dass Künstler Auftragsarbeiten annahmen und sie gemeinsam mit ihren Schülern umsetzten. So entstand auch das heute noch erhaltene Bild „Die Taufe Christi". Leonardo malte den „Knienden Engel", der durch seine Leichtigkeit hervorstach. Nicht nur die anderen Lehrlinge staunten über Leonardos Fähigkeiten. Auch Verrocchio war tief beeindruckt von seinem Talent. Es wird erzählt, dass der Meister nicht mehr malen wollte, weil er von seinem Schüler übertroffen wurde.

In den folgenden Jahren entwickelte Leonardo eigene Techniken. Wichtig war ihm, so zu malen, wie die Natur tatsächlich aussah. Je weiter Felsen, Flüsse und Bäume entfernt schienen, desto kleiner zeichnete er sie auf seinen Bildern. Dabei verschwammen die Landschaftskonturen, denn weit entfernte Dinge werden für unser Auge unschärfer.

Auch das Wechselspiel von Licht und Schatten beobachtete Leonardo genau und setzte es in seinen Werken um. Starkes Licht erzeugt dunkle Schatten, während trüberes Wetter graue Schattierungen hervorruft.

Leider malte Leonardo nicht alle Bilder zu Ende. Er scheiterte an seinen eigenen Ansprüchen, die selbst für ihn unerreichbar waren. Zu seinen bekanntesten Werken gehören neben der „Mona Lisa“ auch „Das Abendmahl“, „Die Madonna in der Felsengrotte“ und die „Dame mit dem Hermelin“.

Leonardo – der Wissenschaftler

Zu Leonardo da Vincis wichtigsten wissenschaftlichen Hinterlassenschaften zählen seine Anatomiestudien. Zeit seines Lebens beschäftigte er sich mit dem menschlichen Körper. Um einen Menschen genau zeichnen zu können, wollte er auch ein Bild der Muskulatur, Knochen und inneren Organe vor Augen haben. Leonardo sezierte Leichen und lernte das Innere des Körpers auf diese Weise kennen. Dabei unterbrach er seine Arbeit in der Leichenhalle immer wieder, um die Blutbahnen und die wichtigsten Organe der Toten direkt vor Ort aufzuzeichnen. Seine Skizzen waren unter medizinischen Aspekten ausgesprochen wertvoll. Anders als heute war das Studium an Toten im Mittelalter jedoch nur in Ausnahmefällen erlaubt. Deswegen musste Leonardo seine Untersuchungen heimlich durchführen. Sein besonderes Interesse galt der Funktion des menschlichen Auges. Zu seinen Lebzeiten dachten die Menschen, das Auge würde Strahlen aussenden. Leonardo entdeckte jedoch, dass wir sehen können, weil Licht in unser Auge hineinfällt.

Leonardo – der Erfinder

Obwohl Leonardo Gewalt verabscheute, erfand er viele Kriegsmaschinen. Aus Geldmangel entwickelte er die grausamsten Waffen, um sie verschiedenen Herrschern anzubieten. Neben einem Unterseeboot und einem Taucheranzug konstruierte er Panzer, Wurffeuer-Geschütze und eine Schnellfeuer-Armbrust.

Gleichzeitig war Leonardo vom Wunsch beseelt, das tägliche Leben und die schwere Arbeit der Menschen zu vereinfachen. In der Renaissance wurde in Florenz Tuch hergestellt. Leonardo entwickelte eine Apparatur zum Aufspulen von Garn und eine Schneidemaschine für Wolle.

Neben verschiedenen Flugapparaten konstruierte er auch einen Fallschirm, eine Art Hubschrauber, ein Fahrrad, ein Paddelboot und ein Auto.

Leonardo – der Baumeister

Zu Lebzeiten Leonardos wütete in vielen Städten die Pest. Leonardo ahnte, wie wichtig Sauberkeit für die menschliche Gesundheit war. Müll sollte nicht, wie es üblich war, einfach auf die Straße gekippt werden.

Damit der „schwarze Tod“ keine weiteren Opfer fand, entwickelte Leonardo ein Abwassersystem. Durch unterirdische Kanäle und Röhren sollte der menschliche Unrat abfließen, anstatt überall herumzuliegen. Zusätzlich erfand er Pumpen, die frisches Wasser in die Häuser der Stadtbewohner brachten.

Leonardo – der Bildhauer

Eine der gewagtesten Konstruktionen war Leonardos Reiterstatue, die die Italiener „Il Cavallo“ (das Pferd) nennen. Allein das Pferd sollte sieben Meter hoch werden. Um das Standbild anfertigen zu können, entwickelte Leonardo ein neues Gussverfahren. Zur Verwirklichung des Standbildes wurden Unmengen von Bronze benötigt. Doch die Kriegswirren seiner Zeit erlaubten die Fertigstellung nicht: Die Bronze wurde nicht für Kunst, sondern für Kanonenkugeln gebraucht.

Experimente und Anregungen

Farben selber herstellen

Früher war es üblich, Farben selbst anzurühren. Farben bestehen aus einem Bindemittel und kleinen Farbteilchen, den Pigmenten.

Leonardo war einer der Ersten, der anstelle von Eigelb auch Öl als Bindemittel benutzt hat. Versuche einmal, Farben selbst herzustellen. Dazu brauchst du:

- eine kleine Schüssel und einen Mörser
- Eigelb oder Öl
- Farbpigmente, die du aus Pflanzen, Beeren oder Erde gewinnst
- Tafelkreide

Zerreibe die Pflanzen, Beeren oder Erde in dem Mörser ganz fein. Gebe etwas Kreide hinzu und stampfe sie ebenfalls in kleinste Teilchen. Füge nun etwas Eigelb oder Öl dazu. Mische einige Tropfen Wasser in die Menge.

Die Natur als Vorbild

Leonardo da Vinci betrachtete häufig die Natur. Sie gab ihm Anregungen und war oft der Anstoß für seine Erfindungen. Für seine Flugstudien beobachtete er nicht nur Vögel, sondern auch Samen, die durch die Luft getragen werden.

Sammle verschiedene Samen, z. B. Löwenzahn, Birke, Erle, Ahorn, und lasse sie von einem Treppenabsatz „fliegen".

- Wie bewegen sie sich?
- Welche Flugbahnen haben sie?
- Welche Samen können Leonardo als Vorbild für einen Propeller gedient haben?

Baue selber einen kleinen Flieger. Überlege zuerst, was für Material du brauchst (Papier, Klebstoff, Watte, Streichhölzer, Plastik, Büroklammern ...).

Beobachte den Flug. Gleitet dein Flieger? Taumelt er? Dreht er sich beim Fliegen um die eigene Achse? Wie landet er?

Einen Fallschirm bauen

Zeit seines Lebens hat sich Leonardo da Vinci mit dem Fliegen beschäftigt. Er entdeckte das Gesetz, dass Druck Gegendruck erzeugt. Dieses Wissen brachte ihn auf die Idee, einen Fallschirm zu erfinden.

Nimm ein Stofftaschentuch und nähe an seine vier Ecken jeweils einen Bindfaden. Befestige an den Bindfäden eine kleine, leichte Puppe oder Figur. Wirf den Fallschirm aus einem Fenster. Beobachte, was passiert. Überlege noch einmal, was das Gesetz „Druck erzeugt Gegendruck" in diesem Zusammenhang bedeutet.

Wiederhole das Experiment mit einem Stück Plastik, das du aus einer Tüte schneidest. Was fliegt besser?

Leonardo heute

Welche Zeichnung Leonardo da Vincis findest du auf der heutigen italienischen 1-Euro-Münze?

Sieh dir eine Krankenversicherungskarte an. Welche Zeichnung Leonardo da Vincis findest du darauf? Überlege, warum ausgerechnet diese Zeichnung dort abgebildet ist.

Fabian Lenk wurde 1963 in Salzgitter geboren. Der Musik-, Brettspiele- und Fußball-Fan studierte in München Diplom-Journalistik und Politik und ist heute als Redakteur tätig. Er hat seit 1996 sechs Kriminalromane für Erwachsene veröffentlicht, schreibt aber besonders gern für Kinder und Jugendliche. Fabian Lenk lebt mit seiner Familie in Norddeutschland.

Christian Zimmer wurde 1966 in Nordkirchen geboren. Er studierte Design in Münster und arbeitet seitdem als Grafiker und Illustrator. Wenn er nicht gerade Hasen, Hühner oder Sonstiges zeichnet, macht er auch gerne laute Musik.

Renée Holler, Jahrgang 1956, studierte Ethnologie und arbeitete zunächst als Buchherstellerin, bevor sie auf Reisen rund um die Welt ging. Seit 1992 lebt sie mit ihrem Mann und ihren zwei Kindern in England, wo sie schreibt und übersetzt.

Silvia Christoph, Jahrgang 1950, studierte Grafikdesign und arbeitet seit mehr als 20 Jahren als freie Illustratorin. Heute schreibt und illustriert sie Kinderbücher und ist für zahlreiche Verlage tätig. Sie ist außerdem Musikerin, spielte in verschiedenen Bands und arbeitete als Studiosängerin für Disney-Produktionen.

Annette Neubauer hat schon als Kind lieber spannende Fälle gelöst, als mit Puppen zu spielen. Noch heute bewundert sie Miss Marple, die mit Witz und Verstand jedes Verbrechen aufklärt. Neben ihrer schriftstellerischen Tätigkeit leitet Annette Neubauer eine pädagogische Fachpraxis in Gütersloh. Über Post von Leseratten freut sie sich sehr! Der Verlag leitet eingehende Briefe gerne weiter.

ISBN 978-3-7855-8301-2